译文纪实

老後親子破産

NHK スペシャル取材班

[日]NHK特别节目录制组 著　　　　石雯雯 译

老后两代破产

上海译文出版社

前言

　　古稀、喜寿①、伞寿②……日本社会惯有祝寿的风俗和文化。然而，现今的时代，人们似乎已不再因长寿而感到由衷的喜悦了……

　　要说这一现象所产生的背景，便不得不提到急速发生变化的日本社会的人口构造。

　　随着医疗水平的进步，个体寿命得以延长，而由于现今人们生活方式及价值观的变化等因素，日本社会存在着少子化③的倾向。简而言之，目前的老年人口渐增，而为这一人群提供养老保障的年轻人口却不断减少。

　　一方面，国家和自治体④在医疗及看护的社会保障费用、养老金等方面的支出持续膨胀，另一方面，劳动人口却在日益减少，可以预见国家的税收也将持续缩水。日本俨然已步入了前所未有的超老龄化社会，而在未来的几十年中，这一情况将进一步恶化。

　　"早在几十年前就该预见到这一情形了……"

目前的形势正如上所述。然而，人口结构的问题没法一下子解决。为使这一问题趋稳趋缓，国家必须痛下决心进行制度的改革和改善，循序渐进地推进、落实相关举措。此前，为数众多的相关业者、学者都曾呼吁国家应对当下的社会形势引起足够重视，国家也采取了相应举措，尝试改革，然而结果却并不理想。

"哎呀，顺其自然，总会有办法的吧。""现在还不着急。"

"过去的人是怎么生活过来的，现在的我们也按部就班地生活下去就好了……"

也许我们自身也对那样重大的课题心生畏惧，不敢直视吧。

日渐深化的超老龄化社会的课题——

作为老龄化社会最初的牺牲者、现如今社会弱势群体的老年人，正受到巨大冲击。

为直面这一现实，NHK 特别节目推出了"老人漂流社会"系列。至今为止，这一系列已播出了四部：

《何处是最终的栖身之所　老人漂流社会》（2013 年 1 月播出）

《无法说出口的求助之言　孤立的痴呆症老人》（同年

① 虚岁七十七岁诞辰。〔本书脚注皆为译注〕
② 八十岁大寿。
③ 出生率降低，儿童人数日渐减少的现象或倾向。
④ 日本实行两级行政制，地方政府由跨区域的地方自治单位"都道府县"和基本的地方自治单位"市町村"两个层级构成。日本的自治体相当于中国的地方政府。

11月）

《"老后破产"的现实》（2014年9月）

随后便是本书所述的《避免两代人两败俱伤》（2015年8月）。

上述节目策划的内容将一一在后续章节介绍，在此系列的报道过程中，我们始终坚持对"现场"进行深入取材。我们在最大程度地发挥"影像的影响力"的基础上，将自身所体会到的强烈的危机感广泛地传达到了社会的各个角落。

由取材组和摄制组呈现于我们眼前的真实的现场，可谓悲惨至极，但那正是如今陷入无解之境的日本社会的现状。

只要勤恳地工作、建立温暖的家庭，晚年便能儿孙绕膝，尽享天伦之乐——

这番景象也许即将成为"幻想"。

通过本书，我们将毫无保留地呈现节目中未能详述的现实的方方面面。

许多人感受到一种对于将来的模糊不明的不安感。

笔者与所有取材组的同仁一道，衷心希望广大读者在阅读本书后，能够看清这种不安感的真面目，并做好迎接未来、直面困难的觉悟。

2016年4月

NHK特别取材组

目　录

本书登场人物的年龄、称谓均根据取材当时所获信息

序　章
能够预见的"老后破产"

"人老了以后，只要有家人在，就能够安心。"

日本人始终相信的这种老后的"安心感"正在逐渐变为幻影。

"人老了以后，家人的存在甚至可能成为一种潜在的危机。"

我们在取材现场所见到的情况，甚至比没有家人可依靠的老年人的情况更为严峻。

此前，在 NHK 特别节目"老人漂流社会"系列中，着重关注了人数达到约 600 万的"独居老人"这一群体，向社会传达了老年人老无所依的严峻现实。老年人在身体健康的情况下，还能够自由、愉快地享受独居生活，但在经济窘迫、病痛加身，必须由他人照顾的情况下，独居老人便陷入了无望之境。

并且，老年人在病情加重、腰腿不便、不得不借助轮椅行动甚至卧床不起的情况下，便无法继续独居生活，这样的情况并不少见。这种时候，老人们需要入住看护或养老机构，但却不得不面临机构数量不足的困境。其实，机构数量不足并不能完全解释这一情形，应该说是目前老年人群数量的增速远远超过建设机构的速度。由此导致的结果便是，老人们无法在同一机构或医院长待，只得不断更换居住地点，"漂流生活"便开始了。

同时，当老人们在独居情况下陷入经济困窘的状态，很多仅依靠养老金无法维持正常生活的人面临破产，这些人便不得不接受生活保护①。这样一来，他们只得无奈地变卖自家住宅，或是听从建议搬到房租便宜的地方居住等，进而失去了自主决定"最终栖身之所"的可能。通过"老人漂流社会"系列节目，我们想传达给社会大众的，便是当前老年人所面临的"无法自主选择晚年生活"这一严峻的现实。

究竟为何老年人会逐渐陷入经济困窘之境？为探明这一问题的答案而进行取材的过程中，呈现于我们眼前的便是"老后破产"这一事实。独居老人必须依靠自身收入维持生计，但是，越来越多的老年人正面临这样的问题，即仅仅依靠养老金是不足以覆盖医疗、看护等方面的支出的。

然而，仅仅只有"独居"老人们在面临这一难题吗……

即便是与家人在一起，老年人也无法避免"老后破

---

① 日本政府、自治体向经济条件困难的国民支付生活保护费，确保其享有最低限度的生活保障。

产"——在2015年8月播出的NHK特别节目《老人漂流社会 避免两代人两败俱伤》中，向观众传达的便是"老后破产"这一现象所具有的普遍意义。节目中介绍了这样的案例：为看护父母而辞去工作并与父母同住的中老年人们，依靠父母的养老金维持日常生活、看护开支，却在此过程中陷入了"老后破产"的境地。更有甚者，子女无正式工作、无法独立，中年之后依旧依赖父母、共同生活，年迈的父母无奈只得继续工作，随着同住的家人年龄渐长，父母身上的负担逐渐加重，遂陷入"老后破产"状态，这样的案例也有增长之势。

节目播出后，不少家庭反映，"老后破产"与自己息息相关，也很有可能会降临到自己身上。在节目官网上，有不少观众真切、无奈地述说了自身的境遇。

"这一现象并非与己无关，我觉得我也会面临同样的困境。自己对于将来真的感到非常不安。这绝不是骇人听闻。真的到了走投无路的时候，难道除了自杀以外别无他法了吗？"（五十多岁的女性）

"在我快要三十岁的时候，因父母亲需要看护，我辞去了技术开发的工作，过起了看护生活。几年前，父母亲去世后，我就一直一个人生活，形单影只。因为此前看护父母，几乎用尽了所有的积蓄，目前我已濒临破产，靠着派遣工作维持

生计。现在的我麻木机械地生活着，只求一死，摆脱所有的痛苦烦恼。"（四十多岁的男性）

"现在我虽然以正式员工的身份工作着，但和朋友们一比较，他们的收入都是我的两三倍。并不是说只有从事非正式工作的人收入才会不稳定。收入低、未婚状态都使我对自己的老后生活感到不安。父母亲一直供我上完大学，但目前仍没能见到第三代，我对他们感到愧疚。将来父母亲去世后，我可能连税金都支付不起了。这就是无奈的现实。"（四十多岁的女性）

"节目中采访的人们生活情况都没我糟糕。我今年五十五岁，女儿三十二岁。她患有过敏性疾病和哮喘，每周最多工作四天，月收入八万日元左右。我从事清扫工作，月收入十万日元左右。确实，我们母女俩已经到了快要'两败俱伤'的地步了。维持生计何其困难。我们只想找个偏僻的角落静静地结束自己的生命。"（五十多岁的女性）

最初我们认为，仅依靠养老金生活的"单身老人"才会面临"老后破产"这一问题。对于独居老人而言，养老金收入是他们维持生计的唯一来源。虽然有些独居老人也有家人，但家人并不与其同住，因而，目前越来越多的老人身边没有亲人可以依靠，只能凭着养老金维生。长此以往，老人们依靠养老金勉强度日，一旦发生不可避免的医疗或看护支出，便无力负担，遂陷入走投无路之境，这样的老年人正与日俱增，我们在NHK特别节目《老人漂流社会 "老后破产"的现实》（2014年9月）中向观众们介绍了这一问题，并将这一现象称作"老后破产"。

然而，随后在续篇的取材过程中，我们才首次获悉，即使有家人在身边，老人们也无法避免"老后破产"，目前这一严峻的现实正愈发普遍。

"老后破产"续篇的主题是什么呢？导演津田惠香将此次取材的目的地定在了秋田县。出发前，津田导演对此次前往秋田的目的向我们作了说明。

"此前我们的采访对象是正陷入绝境、濒临'老后破产'的老人们，他们都曾异口同声地表示'自己不想活了'。这一次，我们将要探明老人们所表达出的这一共同心声究竟包含着怎样的意义。因此我认为，在着力采取对策预防自杀行为的秋田县，我们或许能够找到回答上述问题的突破口。"

两天后，从秋田出差回来的津田导演，兴致勃勃地讲述着自己的取材见闻：

"独居并非问题的根源。也并不只是独居老人在忍受着痛苦。虽然也曾有独居老人因经济窘迫而自杀的案件发生，但援助一线所面临的真正问题在于，有些老人为了不给家人添麻烦而选择了自杀。"

津田导演在秋田的取材过程中所认识到的是，老年人并不会"因为有家人在而感到安心",相反"正因为有家人在而感到痛苦",这一全新的情况在老年人中正愈发普遍。那时候,津田导演讲述了某一个家庭的故事,我至今难以忘怀。

一位独居老人在某种契机之下,与自己的女儿、女婿及孙子开始了同住生活。为照顾年迈的母亲,女儿夫妇一边干着非正式工作,一边凑合着母亲的养老金,勉强维持着生活开销。但是,这样的生活却并未长久。母亲患上了重病。此时,这一家人却并没有足够的钱支付手术及住院费用。这一窘境让母亲陷入了绝望。

"如果一定要让女儿一家负担我的医疗费的话,那我还不如死了更好……"

绝望的母亲最终选择了自杀。在考虑透彻、痛下觉悟后,以死了结所有困窘无望。

与老母亲生死相别后,女儿女婿该是何等痛苦——一想到这夫妇俩的心情,我们就心如刀割。母亲生前想必也考虑到了这一点,但她最终仍然选择了自杀。也许母亲当时是这般考量的:即便自己死后女儿女婿会悲伤痛苦,可只要自己活着,便会给女儿夫妇俩甚至孙子带去诸多麻烦不便,这样一来的话……为了女儿一家的未来,自己的死是解决所有困难的最好方式。抱着这样的心情,老母亲最终亲手结束了自己的生命。

津田的报告并不只有上述内容。在秋田县藤里镇,"对茧居族予以援助"已成为福利措施的一环，正在持续推进。据悉，"茧居族"的数量正在缓缓增长。并且，呈现增长趋势的是年轻时曾前往都市就业，后因失业等原因再度回到家乡的人群，他们随后便开始了"闭门不出"的生活，成为"茧居族"。一些自由职业者在步入中老年后，随着年龄的增长，体力再不如前，既而失去工作；抑或是曾经从事非正式工作的打工者，一旦失去工作，便无法继续维持生活。像这样最终只得回到家乡的人群的数量正逐步增加。

2005年的时候，我们曾推出一档名为《穷忙族》的节目，在取材过程中我们发现这样一种现象：地方上没有足够的工作岗位提供给刚毕业的年轻人，于是这群求职的年轻人都外流到了大城市周边以谋求生计。尤其是在就业形势严峻的1990年代后期，当时二三十岁的年轻人外出谋职，而在他们步入四五十岁后，却失去了工作，也有不少人则是以看护年迈的父母为契机，总之，最终便引发了回到父母身边的"逆流现象"。

主持人镰田靖从《穷忙族》开始便一直与我们共事，在我们向他转述了这一取材报告后，他深表赞同：

"最终，这不正是那失去的二十年①吗？《穷忙族》触及了当时日本社会所面临的问题，就这样兜兜转转绕了一圈，现在成为了地方上的严重问题，这应当引起社会的重视。"

同样地，当年在《穷忙族》节目中负责所有现场摄影的摄影师宝代智夫，一直以来都透过镜头观察着现实的残

---

① 指上世纪九十年代日本泡沫经济破灭后，经济停滞的二十年。

酷。在我们与宝代的磋商过程中，他表示，他想通过镜头展示的是"因为与挚爱的家人共同生活而陷入'破产'状态，这一极尽讽刺的现实"。

"当然，独居老人容易被社会所孤立，这一问题也不容忽视。但是，这次我们所面对的现实是，老人们正是因为'与家人一同生活'而面临危机。与家人同住这一朴素的愿望可能都无法实现了，通过取材，我想要向观众展现这一矛盾。"

曾经外出从事非正式工作的子女回到了父母身边开始同住生活，最终一家人却面临"两代人两败俱伤"的危机。为真实了解这一现象，制片人岭洋一提议"将取材地定在札幌"。岭曾在札幌局①工作，他认为，地方城市就业困难，这一事态想必也更为严峻。

随后我们便赶赴札幌局，迎接我们的是时任札幌局制片人的前田浩志。前田曾对汽车行业进行长期取材，他表示："我非常想在札幌取材。目前也有合适的人选为取材提供帮助。"他向我们推荐了导演三隅吾朗。三隅在任NHK导演之前，曾有过从事非正式工作的经验，是一位具有个人特色的导演。

"正因为是从我个人角度出发，才更能够理解这种两败俱伤的不安感，我也有想要传达给观众的看法。"

---

① 指 NHK 札幌放送局，位于日本北海道。

至此，自"老人漂流社会"系列开始以来始终担任制片人的板垣淑子再度集合了能力出众的取材成员，此次策划的工作组也正式成立。

　　就算年纪大了，有家人的支持，不就能够安心生活了吗？可是，想要互相扶持、共同生活的家人，却因为选择了"同住"这一形式而面临危机，这究竟是为什么呢？

　　我们曾就穷忙族、无缘社会①、单身老人孤立问题进行取材。现在，我们将要正视"两代人两败俱伤"这一时代问题。

　　就此，我们开始了取材之路。

---

① 出自 NHK 特别节目于 2010 年 1 月 31 日播出的纪录片《无缘社会——三万二千人"无缘死"的震撼》，讲述的是当今日本正在步入无缘社会的现状。许多日本人，一是没朋友——"无社缘"；二是和家庭关系疏离甚至崩坏——"无血缘"；三是与家乡关系隔离断绝——"无地缘"。

第一章
即使有家人在身边也无法避免"老后破产"

在两代人同住家庭中愈发常见的新型"老后破产"

　　"两代人两败俱伤"这一现象究竟有多普遍呢？在我们去往全国各地进行取材的过程中，札幌市厚别区作为取材地之一进入了我们的视线。彼时厚别区正积极推进对低收入人群的相关援助措施，并率先施行于2015年4月通过的《生活困难人群自立援助法》，且于2014年起设立了针对老年人群的咨询窗口"生活及就业援助中心"，该窗口是厚生劳动省的示范工程，旨在为老年人提供生活各方面的咨询。在对咨询者提供的案例进行分析后，我们发现"三十至五十多岁的子女问题的咨询"这一方面的案例数占总体的半数以上。果然，两代人同住的趋势愈发明显，咨询结果也印证了这一点。

　　翻阅了相关咨询的具体内容后，我们发现，在这些子女相关问题的咨询中，占数最多的是"子女的失业问题"。这一事实也证实了"两代人两败俱伤"这一现象。除此之外，大多是"子女工作收入不稳定""子女无法找到正式工作"等问题，反映了老年人对同住的子女工作或收入的担忧。

厚别区的老年人家庭中究竟正发生着怎样的变化呢？我们就此询问了民生委员①，他们平时通过长者关怀活动等与老年人接触的机会较多。众多委员表示"在老龄化愈发深化的城镇中，已步入中老年的子女们以失业或看护为契机，回到家乡后便与父母同住"，这样的家庭数量正显著增加，引起了各方关注。

在2006年的时候，我们曾对"因地方城市就业困难，年轻人正向大城市及周边转移"这一主题，前往札幌取材。高中刚毕业的年轻人们向我们抱怨道："哪怕不计较是否正式员工，也没法找到工作。"看中年轻人这一心理，一家大型汽车制造商的承包工厂在札幌市内一处租借大楼的会议室内举办了"招募派遣员工"说明会。会场内挤满了前来应聘的年轻人。

如今时代变迁，派遣工作的形势也不容乐观。在札幌，干着非正式工作的人们在失业后也开始回到家乡。当然，在札幌市内求职的难度也很高。失业的人们即便回到家乡，也很难再找到稳定的工作。我们得知，不少人依靠着年迈的父母的养老金生活，俗称"靠养老金族"。

新札幌站位于厚别区的中心，在这里能够换乘JR②或

---

① 在各市、区、村镇工作的社工，为当地居民提供生活咨询、援助，促进社会福利事业的展开。
② Japan Railways 的缩写，即日本铁路。

地铁，交通非常便利。走出车站后，周边各种商业设施、科学馆、水族馆等鳞次栉比，热闹非常。但是除去上下班时段以外，车站周边人影稀疏、冷冷清清。厚别区现正在推进为在札幌市中心上班的工薪族们开发住宅的计划，区内零散分布着几处大规模市营住宅。在新札幌站附近也林立着外观漂亮的市营住宅，乍一看还以为是高层公寓。据悉，这些建于昭和四十年代①的市营住宅最近进行了翻修。也许是出于这一原因，居住者中有不少从很早以前开始就居住在住宅区②的老年人。其中不乏依靠养老金生活或是领取生活保护的人群。

市营住宅区之一的"枫叶台新村"便是民生委员所描述的"年迈的父母与子女共同生活的家庭正日益增多"的住宅区。从新札幌站坐公交车去往枫叶台新村的话需要十分钟，但是车次较少，步行前往至少要花上二十分钟。这里所谓的"至少二十分钟"指的是，由于该住宅区面积过大，从新札幌站步行至其最近端需要二十分钟，而步行至最远端则需四十分钟，就住宅区而言可谓规模巨大。置身其中，沿着贯穿中心的大路行走，四周全然被住宅区环绕，似没有尽头一般向远处延伸。

枫叶台新村建于昭和四十六年（1971年），时值"团块世代"③结婚生子的年代。至今已过去四十多年，建筑物愈显陈旧，五层高的楼体竟未配备电梯。据悉，在建造当

---

① 1965年至1974年。
② 日语原文"团地"，指有计划地集中建立很多公寓或住宅的住宅区。
③ 于日本战后第一个生育高峰期即1947年至1949年出生的人群。

初，市营住宅区实行与收入对应的租金减免政策，即便是没有存款的年轻家庭也能够安心入住，因而很快被预定一空。此后，有些人建造了自己的房子，离开了住宅区，但也有相当一部分的人在此长住。因为在这里，对于靠养老金或其他微薄收入生活的人群而言，能够享受"租金减免政策"，意味着能得到与收入相对应的租金优惠，低养老金收入的老年人等没有足够的钱搬去他处，便选择在此长久居住下去。因此，在此处的约5 000户住家（9 834人）中，约四成为六十五岁以上的老年人。

为调查厚别区老年人家庭的具体变化情况，我们与民生委员协会共同开展了问卷调查。我们想借此问卷了解，究竟在现实中，有多少中老年子女回到了父母身边生活。在对问卷结果进一步分析后，我们还想确认下述两个问题的答案：子女究竟是出于何种原由重新开始与父母同住；在同住后，又有多少家庭陷入了生活困窘的境地。在回答此问卷的家庭中，我们希望能寻得一户典型人家，进行深入取材（调查问卷结果将于下文交代）。

接下来我们要讲述的故事的主人公，便来自上述典型家庭之一，我们与安田义昭（八十岁）在枫叶台新村相遇了。

与子女同住是引起"老后破产"的导火线……

"因子女失业，于是开始了两代人同住的生活。"安田义昭在问卷调查中给出了这样的回答。为了解详情，我们于2015年5月拜访了他所居住的住宅区。身处札幌，即使到了5月，依旧感受不到丝毫春意。我们在瑟瑟寒风中走向安田的家。确认了门外的名牌后，我们按下了对讲机，只听见屋内传来一声细弱的应门声。

不一会儿，安田义昭打开门，向我们示意"请进"。可能是因为没有外出的打算，只见他一身简单的居家打扮，白色T恤加上运动裤，穿着很轻便。安田义昭身形瘦弱，窄长的脸上刻着深深的沟壑。他静静地望着我们，那目光深处，似乎透露着悲伤，这便是他留给我们的第一印象。在玄关互相问候过后，他带着我们进屋。进入玄关便可见紧邻的厨房与客厅。来到客厅后，首先映入我们眼帘的便是电视机前铺着的被褥。义昭先生表示，自己白天独自在家的时候，都是在客厅生活起居。我们不经意环视屋内，只见墙上、架子上、冰箱上等，处处可见家人的照片。其中还有义昭先生年轻时的照片，以及孩子年幼时父子俩一起拍摄的纪念照片。

"您在问卷调查中说过，儿子已经回到您身边了，对吧？"

针对我们所关心的"两代人同住"的问题，我们向义昭先生询问情况，随后他便断断续续地讲述起自己的故事。

"去年的时候，儿子突然回到了这里，开始与我共同生活。在那之前他都在工作，住在别处。"

在义昭先生的叙述中，我们获悉，与四十五岁的儿子开始同住生活的背后，有这样两个理由。首先，儿子失业了，没有收入来源，只得依靠父亲。其次，由于义昭先生得过脑梗死，因后遗症而无法自由行动，出于对父亲的担心，儿子考虑搬来同住也好照顾父亲。这两件事几乎同时发生，于是父子俩便决定开始同住生活。

在与我们交谈的过程中，义昭先生因上厕所等事由多次起身，他表示，自己行动起来非常吃力。

"我已经没法做家务了。患了脑梗死后，身体愈发不听使唤了。"

然而我们眼中所看到的义昭先生的家，打扫得干净整洁，几乎没法想象这家中并没有女主人。原来，与儿子开始同住后，性格一丝不苟的义昭先生仍然坚持打扫卫生、收拾房间。但是，由于脑梗死后遗症的影响，他的手脚不听使唤，打扫、清洗等家务活对于义昭先生而言，每件都要花去大量的时间。另外，他现在已经很难抬起手够到高处了。他颓然地表示，像这样即使尽全力也无法做到的事每天都在增加。

"您的儿子平时都不在家吗？"

为何不把家务事交给年轻力壮的儿子完成呢？我们表示不能理解。询问后，义昭先生告知，儿子平时要外出工作，几乎都不在家。

"他因为要工作。每天早出晚归，在家的时间很少。"

儿子昭男先生虽然是因为失业才开始与父亲同住，但他也想尽可能补贴家用，于是便前往派遣公司注册，每天干着按日结薪的工作。日薪 7 500 日元扣除伙食费后，到手约 5 000 日元。但工作并不是每天都有，因而收入并不稳定。昭男先生也想找一份待遇好一点的工作，却未能如愿。因此，昭男先生的收入并不足以补贴家用，大部分生活费都依靠义昭先生的养老金收入。

"要继续维持生活真的很艰难。每个月的电费、燃气费、房租等支出，光靠养老金已经不够了。养老金进账后，都用去支付各种常规费用，这样一来生活费就所剩无几了。而且养老金只在偶数的月份才进账，奇数月份对我们来说就是煎熬。"

在与父亲义昭先生同住之前，儿子昭男先生一直是独居状态。昭男先生在二十多岁的时候结过婚，但三十多岁时就离婚了，与前妻育有一子。在商议过后，决定由昭男先生带着孩子离开。然而，当时的昭男先生有一份正式工作，每日早出晚归，无法兼顾工作与育儿的他只得将孩子寄养在父亲义昭先生的家中。当时已开始退休生活的义昭先生便用自己的养老金照顾着孙子，祖孙二人共同生活。随后昭男先生失业回家，遂开始了三代人同住的生活。

义昭先生的养老金收入为每月9.5万日元。市营住宅区的房租为每月2万日元，再加上电费、燃气费、保险金等支出，手头结余约为4万日元。这些钱仅够维持温饱。据悉，义昭先生直到七十岁为止都在从事出租车司机的工作，养老金似乎与工作年限未成正比。面对我们的询问，义昭先生表示，这是自己过去经常换工作导致的。

"我年轻的时候干过很多工作啊。过去我家是开干洗店的。提供专业熨烫、洗衣等服务。后来，我还做过泥瓦匠。我喜欢干这种有技术性的工匠活。那以后，我又去了运输公司干活。再后来，我就开起了出租车，那是我坚持时间最长的一份工作了。"

义昭先生表示，开始领取养老金后才得知，在自己不停变换工作的过程中，曾有段时间公司停止为自己缴纳养老金。扣除那段时间的保险金，自己的养老金额度被削减后连10万日元都不到了。

即使一再缩减开支，仅依靠每月9.5万日元生活的话，也是举步维艰。

"您现在在哪方面的支出控制得最低呢？"

"还是穿着方面吧。我不买衣服。只要现在有的衣服还能穿，我就不买新的。有时候别人也会给我些旧衣服。当然，伙食费也要控制。早餐只给孙子做，我就不吃早餐了。现在每天的伙食费控制在1000日元以下，但即便如此每月还是要花去3万日元左右。实在没钱的时候，我一天只吃一碗方便面。"

义昭先生总共有三个儿子，昭男先生是二儿子，大儿子和小儿子现在别处居住。他们都有各自的工作和生活，平时几乎没有联系。二儿子昭男先生当时高中毕业后，也立刻离开老家，参加工作、独立生活。此后他结婚生子，生活平稳，几乎不与家人联系。

再次与父亲义昭先生取得联系、请求帮忙，是在昭男先生离婚之后，因孩子年幼，他无暇兼顾工作与育儿，想将孩子寄养在父亲家中。当时的义昭先生十分疼爱年仅五岁的孙子，因而即便经济拮据，他也省吃俭用地照顾孙子，像父亲一样陪伴他成长。

在那之后过去了十多年。2014年年末，此前一直因工作原因与祖孙俩分开居住的昭男先生，突然有一天搬回了义昭先生居住的住宅区，开始了三代人同住的生活。此前，对于儿子突然提出的"想要搬回来一起住"的提议，义昭先生也有过迟疑。但是，同住生活开始后，昭男先生立刻就前往派遣公司注册，开始了按日结薪的工作。此后，他便每天从早到晚外出工作，晚上回到家也倒头就睡，父子俩几乎打不到照面。

对于"为何会走到同住这一步"，义昭先生甚至还没有机会与儿子深谈，父子俩就这样匆匆开始了同住生活。

依靠养老金生活的父亲，打着零工、领着日薪，没有稳定收入的儿子，共同生活的父子俩很快就感到了生活的窘迫。儿子昭男先生没法定期将工资交给父亲用作生活开销，只能在手头正好有个几千日元的情况下，交与父亲贴补家用。义昭先生看着工作到深夜的儿子疲惫不堪的样子，于心不忍，在经济上也就不再催促儿子了，甚至连为什么没有固定收入等具体事由也不再过问。

我们决定直接询问昭男先生，听一听他对父子同住生活的感想。考虑到在家采访可能略有不便，我们与他在附近的小酒馆见了面。昭男先生目前的工作是之前注册的派遣公司分配的，需要人手的时候公司会联系他前去完成日结薪水的工作。但由于这些工作是按日结算的，不一定每天都有活干，没活干的时候也就没了收入。有工作的时候，日薪会以现金形式发到昭男先生手中，在这笔钱里扣除手机话费、伙食费、交通费等支出后，剩余的补贴家用，这已是昭男先生所能做到的极限了。

尽管儿子昭男先生有着一份微薄的收入，却对家庭生活起不到任何改善作用。

生活保护终止　逐渐濒临破产边缘

依靠养老金生活的义昭先生，与儿子昭男先生开始共同生活三个多月后，2015年3月，区政府的一封通知悄然而至。打开信封，"保护终止决定通知书"几个大字映入眼帘。这是一封来自自治体的通知，传达了"终止生活保护"的决定。

在与儿子同住之前，体弱多病的义昭先生仅靠养老金生活较为拮据，为确保自己与孙子的生活质量，他决定接受生活保护。在接受生活保护期间，医疗费及市营住宅的房租能够得到免除。因为义昭先生患有高血压，需要长期服药，对他而言医疗费的免除是一项巨大的优惠。

然而，在与儿子开始同住后，生活保护随之终止。这是义昭先生始料未及的。

"为何没法再继续接受生活保护了呢？"

我们向义昭先生询问缘由，他略显烦躁地回答了我们。

"据说是因为儿子搬来同住了。他们认定我家有了收入来源，生活也该有保障了，就终止了对我们的生活保护。"

宪法第二十五条保障了国民健康生活及享有文化生活的最低限度的生活权利。这里所规定的最低限度即生活保护水准。当家庭收入低于此标准时，可以接受生活保护。对于老年人而言，在养老金低于生活保护标准且无储蓄及不动产的情况下，收入不足的部分将以生活保护费的名义得到补助。

安田父子家的情况是，2月份的时候，义昭先生的养老金及昭男先生一整个月的收入加起来即为家庭收入，这一数字将用于衡量安田家能否接受生活保护。但是，2月这一整个月，日结的工作络绎不绝，昭男先生的月收入达到了约15万日元。家庭收入因此提高了，最终导致安田家生活保护被终止。

然而，儿子昭男先生的收入并不稳定，此后数月的收入时常大幅低于2月份的收入。义昭先生看起来对自治体的决定并不满意。

"要维持生活真的很艰难。我也向政府的工作人员诉说了我们的困境。因为儿子的收入不稳定，在收入能够稳定达到一定标准之前，能否继续接受生活保护？我恳切地表达了自己的请求，但是儿子也的确有收入颇丰的时候，哪怕只有一个月。在政府看来，一定是认为我儿子还是有能力挣钱养家的。"

生活保护被终止之后，之前免除市营住宅房租的政策不再适用，安田父子俩不得不支付每个月2万日元的租金（根据减免政策享受的房租价格）。此前，义昭先生因慢性病而产生的医疗费用都能得到免除，但现在，作为七十五岁以上老人，他需要支付一成的医疗费用，约 3 000 日元。更甚，原本给予孙子的教育扶助费也不再发放，安田家现在还需要支付公立高中的学费、交通费等开销，生活一下子变得困窘起来。

据悉，义昭先生曾多次向儿子昭男先生诉说生活的艰辛。但是，昭男先生对此也束手无策。

"'你能补贴些家用吗？'即使我这般向儿子开口，他也只能从钱包中拿出几千日元，便再没多余的钱了。儿子都已经吃不上饭了。因为他干的是派遣的工作，我也能体谅他手头并不宽裕。"

昭男先生平时的工作内容是开着叉车搬运货物。连休等休息日多的时候，生意往来就会中断，也就没有搬运货物的活了。日结薪水的工作经常会因企业方的缘故而无法持续，订单减少的话，工作和收入就都没了着落。不仅如此，有时还有可能工作突然中断。昭男先生的不幸就在于，当市里在审查生活保护资格的时候，他突然有了高额的收入，于是生活保护被终止，然而此后，他的工作却中断了。

4月，生活保护终止后的第二个月，义昭先生便开始拖欠市营住宅的2万元房租了。

"到底该怎么办好呢？我很不安。没想到竟会走到这个地步……"

义昭先生如是叙述着自己当前的心情，随后便沉默不语。据悉，义昭先生无论如何也想在手头省下一些钱备用，因而放弃了定期前往医院治疗慢性病的打算。除此之外，已没有再能够节省的空间了，生活可谓捉襟见肘、陷入绝境。

"没有去医院看病的钱了"

老后破产的现实中最为严峻的便是，越来越多的人因无力负担医疗费用，而不再接受医疗服务。在收入仅够维持生活开销的人群中，支付完房租、电费、燃气费、伙食费等最低限度的必要开销后，手头若还有结余，也有不少人会选择接受医疗或看护服务。当然，在性命攸关的时候，即使借钱也必须接受治疗——有越来越多的人在这种危急情况下被救护车送往医院——而在并不紧急的情况下，很多人为了省钱而选择了"忍耐"。

义昭先生也是如此，在得知终止生活保护的决定后，便未继续接受充分的医疗服务。对于患有高血压这种慢性病的义昭先生而言，这种举动是相当危险的。

在与儿子同住前，2011年正月的时候，义昭先生突然出现了脑梗死的症状。当时是一大清早，他正前往小区前的垃圾场扔垃圾。他骤然感到脚步不稳，没法保持平衡，一下栽倒在地。当时正值正月休假，住在别处的儿子昭男先生偶然回乡，得知消息后立刻坐着出租车带父亲前往医院。根据主治医生介绍，当时义昭先生的血压超过了180，因脑梗死的影响，身体左半部分出现了麻痹的症状。左手左脚活动起来很困难，左手甚至连水杯都拿不住。此后义昭先生入院三周观察治疗，期间血压渐渐下降。经过康复训练，麻痹的症状也得到了改善，但出院后仍留有后遗症，义昭先生的行动开始变得迟缓起来。

"在脑梗死病发过后，我的人生可以说是彻底改变了。所有的一切都改变了。我只要稍微活动一下，很快就感到疲劳。真的很快。"

义昭先生静静地看着已无法自由活动的手脚，这般对我们说道。因脑梗死还有复发的可能性，义昭先生需定期前往医院，接受仔细的观察治疗。然而，在生活保护被终止后，他便不再定期前往医院了。不仅如此，连主治医生开的防止复发的药物——降血压药及防凝血药——如今也中断了。此前他都是定期前往医院由医生开具处方，每次看诊后领取一个月的药量。

前往医院所需要的费用包括诊疗费用和药物费用，合计不过3 000日元左右，但是即便如此义昭先生还是无力支付。医院离家较远，义昭先生没法步行前往，每次还需要支付出租车费用。加上往返的交通费2 000日元后，去一次医院的成本就达到了5 000日元，因此他不得不放弃了定期前往医院的计划。

"别人都说，降压药是不能停的，停药的后果不堪设想。但是我现在已经停药一个月了。"

义昭先生已经一个月没有服用降压药了，我们对他的身体状况表示担心。

"不吃药不要紧吗？您现在的身体状况如何？"

"我现在感觉不太好。"

我们小心翼翼地劝说他前往医院就诊，但不管我们怎么劝说，他只是一个劲地摇头。

"实在没钱了。没有钱去医院了。去了医院后如果说明自己目前没钱，也许可以先让我赊账，但是不管等到何时我还是没钱啊。"

义昭先生似乎是放弃就医了。

"您以后都不再去医院了吗？"

义昭先生重重地点了点头。

"嗯。"

最近，义昭先生排便状况不佳，主治医生怀疑他得了大肠方面的疾病，建议他接受大肠癌检查。但是他表示自己没法接受这个检查。

"大肠癌检查需要住院一晚。住院的话又需要额外的花费。虽然不知道具体要花多少钱，但是只要做检查的话，可能都要花去好几万日元吧。我没办法接受这个检查。"

儿子昭男先生不停劝说父亲义昭先生重新开始接受防止脑梗死复发的治疗，并接受大肠癌检查。为鼓励不愿去医院的父亲，昭男先生表示"自己会尽快成为正式员工"。据悉，他目前做着派遣工作的公司想要雇佣他为正式员工。但是，听闻这一消息的义昭先生并没有显出高兴之情，反而告诫儿子"不要太过期待"。

"儿子告诉我，下个月或是再下个月，自己就能'成为正式员工了'。但是即便如此，工资也不可能一下子提高。

也就是拿着现在的薪水继续工作下去罢了。"

儿子昭男先生的想法是，成为正式员工以后，就能有稳定的收入，至少要负担起父亲就医的费用。而另一方面，父亲义昭先生则是怀揣着一丝儿子成为正式员工的希望，为尽可能守护父子俩同住的生活，拼命节省地生活着。这对父子内心都考虑着对方，用尽全力守护着濒临崩溃的家庭。

本该是最寻常不过的普通人家

在安田家，平日儿子昭男先生因外出工作时常不在家，义昭先生和独居时的生活状态差不多，但是到了周末，父子俩就能团聚。我们表示想在父子俩都在家的时候进行采访，因此在周末的时候再度拜访了安田家。

在玄关告知了我们的到访后，昭男先生前来应门，只见他穿着汗衫，一副比平时更放松的样子。昭男先生性格直爽，兴致勃勃地向我们讲起自己年轻时候的故事，据说他过去非常热爱音乐，曾经与他人一起组了乐队，并以鼓手身份参与正式的乐队活动。昭男先生坦率地讲述了自己的人生轨迹。

与父亲义昭先生一样，昭男先生也经常换工作。高中毕业后，他第一次就职便以正式员工身份被肉店录用。此后，他相继供职于其他肉店，甚至是小钢珠店，但当时的他一直都以正式员工身份工作。结婚生子后，昭男先生前往一家设备公司工作，该公司主要负责建筑物管理等事务。那份工作也是正式工作，收入相对合理。一家三口过着平静、普通的生活。

　　然而，在孩子四岁的时候，昭男先生与妻子离婚了，此后，他的人生发生了剧变。离婚后，孩子由昭男先生抚养，当时的他要在工作的同时照顾年幼的孩子，昭男先生对此感到不安。烦恼过后，他向父亲义昭先生述说了自己的困境。过去的义昭先生也是在离婚后独自将昭男先生养育成人的，对此昭男先生一直对父亲心怀感激，因而即便是出于工作原因，要将孩子交由义昭先生照顾，他的内心也非常不是滋味。但是当时的义昭先生却表示"你不在家的时候就让我来看孩子吧"，非常爽快地接受了育儿任务。

　　离婚后，等待着昭男先生的却是自己作为正式员工工作的设备公司破产的消息。当时昭男先生已经快35岁了，也许是年龄的原因，找下一份工作没有之前那么容易了。此后，好不容易找到了一份旧货店店员的工作。虽然是得来不易的正式工作，但昭男先生心中对未来的不安感开始逐渐扩大。店员的工作完全取决于销售额，所以他不确定这份工作是否能够长久。而且，如果接下去又失业，年龄愈长，还能再找到正式工作吗？种种不安的情绪在昭男先生心中起伏。在Hello Work[①]等发布的招聘信息中，他也时常看到"年龄35岁以下"这样的条件。"我不想再失去旧货店店员的工作了"，昭男先生这般想着，每天从早到晚发奋工作着，无暇顾及他事，而正在此时，病魔悄悄向义昭先生伸出了魔爪，昭男先生的工作情势也不容乐观。

　　① 由厚生劳动省运营的网站，提供就业援助、雇佣服务。

义昭先生向我们展示了他一直珍藏着的两张照片。

一张是儿子昭男先生小时候的照片。昭男先生被义昭先生抱在手中，满脸洋溢着笑容。而照片上的义昭先生，手里抱着儿子，表情沉稳、温柔。

另一张则是义昭先生代替昭男先生参加孙子运动会的照片。照片上的义昭先生正与孙子一同参与比赛，他的脸上浮现着由衷的喜悦，丝毫没有因代替昭男先生照顾孩子而感到负担的样子。义昭先生陪伴孙子时所展露的笑容，比起年轻时抱着昭男先生时所露出的笑容，更显沉稳、恬静。

昭男先生告诉我们，虽然看着这两张照片的时候内心不是滋味，但是生活中父子俩还是会为对方着想，构筑起温情满满的家庭生活。父子之间始终存在某种深层次的牵绊。

"失业"与"父亲生病"——下定决心开始同住生活

昭男先生好不容易找到了旧货店店员的工作，为避免再度失业，他拼命地工作着。他预感到，这是他能找到的最后一份"正式员工"的工作了。但是，这份工作持续两年后，经济不景气导致销售额减少，昭男先生最终被解雇了。事发突然，让他措手不及。

"在旧货店做店员的时候，经济不景气，销售额减少，公司为降低人力成本，把我解雇了。"

"没有事先说明吗？"

"是在解雇前一个月告诉我的。但是我对此束手无策。此后我也去找过工作，却毫无收获。"

"后来你就没了收入是吗？"

"是啊。"

昭男先生低垂着眼帘，轻轻点了点头。

至此，旧货店店员的工作成了昭男先生最后一份正式工作。此后，步入不惑之年的昭男先生不仅无法找到正式工作，因兼职工作也有年龄限制，他连一份像样的打工的活计都找不到了。最终，因无法靠一己之力找到工作，他只能前往派遣公司登记注册。但是派遣公司所介绍的工作，都是不稳定的按日结薪工作。昭男先生此前干了约二十年的正式工作，现在却开始了打着零工、今天不知明天的生活。

还能够靠自己一个人的力量交上房租生活下去吗？正当昭男先生感到未来一片黑暗时，2011年的正月，父亲义昭先生因脑梗死倒下了。

"当时的我很难再继续维持独居生活。无法交付房租的话，就没地方住了。因而我只能选择回到老家。我也尝试找工作，接受了多少次面试也无济于事（没能得到录用）。总是在不停参加面试，完全没有收入。没有经济来源的话生活难以维持，所以我只能去派遣公司注册了。我真的走投无路了。"

当时的昭男先生，同时遭受着"父亲生病"与"失业"这两项沉重的打击。但是也正因如此，他才下定决心与父亲共同生活。现在的昭男先生，正从事着前路未知的派遣工作，他表示"如果能重新找到正式工作，还是想从头再来"。但是，这一希望正变得愈发渺茫。失业当时，昭男先生想着在找到正式工作之前，先暂时从事派遣工作，但现在派遣工作也变得时断时续、境况堪忧，眼下生活起伏无法稳定，昭男先生也无力改变。

失业后的昭男先生，为尽快找到正式工作，慌忙之际考取了叉车驾驶执照。后经过派遣公司的评估，昭男先生获得了驾驶叉车的派遣工作。过去他在仓库整理货物的时候，日薪为6 500日元，此后他驾驶叉车搬运货物，日薪涨了1 000日元，达到了7 500日元。并且在此工作中，昭男先生还负责带领其他派遣员工，一手承担起现场的管理工作，接受派遣服务的公司见昭男先生业务能力不俗，还提出"不如你来我们公司做正式员工吧"的邀约。

原来，义昭先生所说的"儿子近期之内能够成为正式员工"指的就是这件事。于是2月份的时候，昭男先生几乎不停歇地干着日结薪水的工作，月收入达到了近15万日元。但讽刺的是，因那个月的收入较多，竟导致生活保护被终止。昭男先生向有关部门反映，自己此前还有过月收入为零的情况，但却未能改变生活保护被终止的决定。

"我和父亲一起听取了自治体负责人的说明。但是……因为那时候的收入较多，相关部门便断定我有稳定工作，并决定终止对我们的生活保护……"

"义昭先生还需要定期接受医疗服务，如果有生活保护的话对你们家而言会更轻松些吧？"

"是啊。因此我试着向自治体的负责人提出了各种问题。我硬着头皮提出：'虽然我与父亲生活在一起，但能否让父亲单独接受生活保护呢？'对此对方给出的答复是：
'因为你们属于一个家庭，要把所有家庭成员的收入合计起来，算作家庭收入。'提交了收入证明后，对方表示：'啊，收入不少啊，不必再接受生活保护了。'……我是不是应该再多打几份工呢……"

昭男先生内心有一种强烈的愿望，便是用自己的收入让父亲安享晚年，因而即便生活保护被迫终止，比起想要重新获得生活保护，他更多的是对自己无法取得足够的收入感到愧疚。当然，即使家庭收入暂时超过了生活保护标准，此后，情况变化、收入减少的话，也可以再次申请生活保护。但是，昭男先生更想找一份稳定的工作，为找到收入等条件稍稍优越一些的工作，他正全力以赴。

仅依靠养老金的话无法维持生活，连能够自由支配的存款也没有

在我们前往安田家取材后的某一天，义昭先生拿出了自己的银行存折给我们看。距离下一次的养老金发放日还有几周的时间，但是账户的余额只有312日元了。

"这些钱能够维持生活吗？"

"不行啊……"

在一旁的昭男先生随即补充道："我赚取的日薪也没有多的结余……在支付了伙食费、电话费后几乎就所剩无几，我也没有能够自由支配的钱。目前拼尽全力也只能勉强维持正常生活。"

听了儿子的话，义昭先生似乎是安慰地说道："我儿子每个月的收入并不稳定，因为不是正式工作啊。手头不可能会有多余的钱。"

在儿子昭男先生外出完成日结工作的时候，义昭先生就会独自前往附近的超市购物。因为生活拮据，父子俩无法经常购物，借这难得的机会，我们提出陪义昭先生一起去。

超市位于住宅区的中心，距安田家仅数百米的距离，普通成年人只需步行五分钟左右。但是对于腰腿不便的义昭先生而言，由于行走速度较慢，他每次都要花上近二十分钟。

在超市内，义昭先生也是缓缓地迈着步子选购需要的商品。放入购物篮中的是均价100日元的方便面以及点心面包。

"您不买蔬菜之类的吗？"

"我几乎不做饭，没法做饭啊。"

在选购完速食食品后，义昭先生在家常菜区域停下了脚步，开始选购晚餐食品。

"这样应该够了……"

他拿起了一盒什锦寿司，内有稻荷寿司和海苔卷寿司。此前我们听闻义昭先生晚餐只吃一个面包，不知他是不是由于外景工作人员在场，碍于面子才决定要买寿司。选购结束之后，我们在收银台前排队等候，此时只见义昭先生提着购物篮的手不住颤抖。由于脑梗死的影响，义昭先生手臂力量不足，购物篮较重的时候，他便无法长时间提握。

"如果购物篮比这还重的话，我就提不动了，因此没法一下子买很多东西放在家囤着，只能每周到超市来一次。"

回到家后，义昭先生拿出了为晚餐购买的助六寿司^①，标价为"298日元"。只听义昭先生小声嘟囔着……

"快要300日元了啊。这东西真贵啊。"

即便如此，义昭先生还是张大嘴巴，一口吃下了一整块稻荷寿司。不一会儿，他又开始吃起海苔卷寿司，仍旧是一口一个的气势。花了298日元购买的助六寿司，仅仅四口便吃得精光了。一眨眼的工夫便解决了晚餐。

在客厅的架子上摆放了这样一张照片，照片中的义昭先生当时是一名出租车司机。工作中的义昭先生一直将安全驾驶摆在首位，在他五十多岁的时候，因从未出过事故而得到了表彰。这张照片正是义昭先生出席表彰仪式时拍的，他身穿西装、打着领带，一脸自豪的表情。

"出租车是要让乘客乘坐的，所以每一天都像是一场必须全力以赴的比赛。运营额的多少也是真正意义上的较量，我每天都会担心这一点。那时候以为，自己老了以后就能过上平凡宁静的生活。现实很残酷啊。年轻的时候完全没想到自己会走到今天这一步……真的很残酷啊。"

义昭先生原本以为，自己老了以后，只要有儿子在身边就不用操心任何事。但是未曾想，在和儿子共同居住后，生活却愈发陷入痛苦。

"不行了。没办法了。生活保护已经与我无缘了。儿子回到我身边后，收入还是无法稳定。但即便如此，生活保

---

① 稻荷寿司与海苔卷寿司的拼盘称作"助六"。

护还是被终止了。我们已经被社会抛弃了。"

现实是，再平常不过的愿望也无法实现

"与家人一同生活……"这看似是再平常不过的愿望。但这一心愿却难以实现，安田父子俩必须面对这一现实。

父亲义昭先生因身体原因，随时有发病的风险，对此感到不安的他希望能与儿子同住。同时儿子昭男先生也对独居的父亲感到放心不下，希望能够陪伴在他身边。尽管父子俩都怀着与对方共同生活的愿望，但是讽刺的是，当他们真的生活在同一屋檐下后，生活却变得更加艰难。

昭男先生这般描述了目前走投无路的窘境：

"在父亲脑梗死病发后，我常感担忧。如果自己能再努力一点、多帮助父亲一点就好了。但终究不随我愿……目前仅能勉强维持温饱生活。"

昭男先生很担心，照这样下去，义昭先生的身体会承受不住，也许不得不再度入院接受治疗。但是自家的经济能力已无力承担医疗费用了。

"一想到要住院的事我就感到害怕。心生恐惧。虽说父亲已属于'后期高龄者'[①]，但毕竟医疗费用高昂，我家不一定能支付得起自付部分。"

义昭先生已下定决心不再去医院接受治疗，即便如此他还是希望能减轻医疗费的负担。

---

① 后期高龄者（七十五岁以上或有卧床不起等特殊情况的六十五岁以上的人群）能够享受独立的医疗制度。

"以目前的状况而言，我没有钱也没办法去医院。我也没有几年可以活了。也许明天就会死，又也许一两年之内才死。在我死之前，要是有人能为我承担一些医疗费就好了。"

接受生活保护后，医疗费能够得到免除，还能得到生活费的补助。如果要解决目前的困境，父子俩只能依靠生活保护。但是，因为儿子回到了家中生活，家庭收入超过了接受生活保护的基准，便无法接受生活保护——如果儿子不在身边的话，就能重新接受生活保护，义昭先生一边这般想着，一边又担心如果儿子不在的话，自己万一病发起来该如何是好，他的内心仍然希望儿子能陪伴在自己身边。

无论怎么考虑，脑海中尽是错杂不堪的思绪，然而父子俩想要共同生活下去的决心却未曾动摇。

"其实如果儿子不在我身边的话，我还能继续接受生活保护。但是真的这样，对我来说也并不是好事。如果我发生什么意外，没人在身边，真不知该怎么办好了。所以其实从我的内心而言，还是希望儿子留在我身边。因为我不知什么时候就会发生不测。我真的很想和儿子在一起。即便生活艰辛也罢。"

其实，义昭先生也感觉到了儿子对自己的依赖。最后，他坚定地说"想要与儿子在一起"。

父子俩已经下定决心要"共同生活下去"。

想与家人一起生活，互相扶持、相依相伴，这样的愿景真的不再是唾手可及的了吗？互相依靠、扶持着的家人守护着彼此"共同生活下去"的心愿，若能得到国家和自治体提供的更多扶助政策的支持——降低接受生活保护的门槛，给予房租补助、医疗及看护费用的减免等制度——对于与高龄父母同住的"工作人群"而言，该会带来多大的安心感啊。

无法摆脱的非正式工作——儿子的失业

就在节目的取材工作进入最后阶段的时候，昭男先生与我们取得了联系。我们急忙赶去与他见了面，他一脸愁容地表示自己有话想对我们说。

"我觉得这件事必须得告诉你们，我现在的工作保不住了。我被解雇了。"

昭男先生此前从事的搬运货物的派遣工作，如今正式宣告结束。负责搬运的商品不再销售了，制造商突然通知他们将会撤回商品。

"这该怎么办好呢？您找到下一份工作了吗？"

"我所注册的派遣公司现在正为我寻找其他工作……但是还没有找到，我也不知道以后该怎么办……"

如果找不到任何工作的话，收入就为零。这正是昭男先生最惧怕的事态。此前对于公司给出的"想要作为正式员工聘用"的口头承诺，昭男先生满怀期待，但这一切都在一瞬间化为幻影。此前在工作中，昭男先生从未因这是一份派遣工作而马虎偷懒，始终勤恳努力、满怀信心，期待着自己终归能找到一份稳定的工作，如今落到这步田地，对他该是多大的打击。

我们询问昭男先生，能否在其离职前去他工作的地方取材，他爽快地同意了。

约定取材的那天早上，我们拜访了昭男先生工作的公司，该公司主要负责处理食品货物。只见空旷的仓库中有若干辆叉车正有条不紊地行驶着。昭男先生正驾驶着其中一辆，他熟练地操作着，将货物堆放到卡车上。一辆卡车放满后，立刻会有别的卡车驶来，昭男先生便重复着之前的操作。这样的工作会一直持续到夜间。

午休的时候，昭男先生终于从叉车上走了下来。

"一早开始就很忙啊。"

"虽然很忙，但毕竟是为了生计。"

"现在正好是繁忙的时期吗？"

"这个月工作很多，没有停歇。"

据悉，昭男先生目前的这份工作，从接手当时就已知仅有两个多月的时限。昭男先生未表现出一丝沮丧，而是以"这就是生活啊"这般的话语安慰着自己。

"这份工作结束后，您将来有什么打算呢？"

"目前而言，我也只能依靠派遣公司继续给我介绍下一份工作了。我闲暇时也会阅览招聘广告，但是年龄还是受到限制了。虽然我也想要寻找正式工作，但是就我这个岁数而言，几乎是没有可能了。"

昭男先生内心虽怀揣着摆脱非正式工作的心愿，但他却平静地道出自己深知这一心愿难以实现的事实。然而，只要是派遣的工作，就需承担不知何时会失去工作和收入的风险。

"我眼下干的'派遣'工作并不是长期的。因此，只能在这样短期派遣的地方尽可能长时间地工作，这份工作结束后，再继续前往下一处派遣单位，下一份工作结束后，再前往下一处……如此循环往复。即便是短期工作，我也希望工作地点能相对固定。在没有固定工作地点的时候，我每天都会前往不同的派遣单位干活。实在没办法啊。"

这般说着，昭男先生拿出了上班途中购买的便当，席地而坐，独自闷头吃起饭来。

"每天早上，我都会在上班途中到便利店购买便当。今天买了398日元的便当，但以往我都会买298日元的，比今天的要便宜个100日元。今天没买到原先的那种。往常我都尽可能选择便宜的便当，想削减一些伙食开销。"

昭男先生此前因搬运货物的工作导致腰部受损，无法盘腿而坐，因此即便是坐在地上，他也只能采取双手抱膝的姿势。要保持这一姿势似乎并不轻松，昭男先生默默低头吃着饭，短短几分钟后便结束用餐，站起身来。

昭男先生表示，自己接下去不会再对工作有所挑拣，只求尽快开工，但对于未来的派遣单位、自己的工作场所皆一无所知，他内心巨大的不安也无从排遣。考虑到自己的年龄，昭男先生也没有信心能胜任各种重体力劳动。

"如果身体垮了的话，我就真的没法工作了，我很害怕这一天的到来。下一份工作对体力要求有多高，自己能不能胜任，我无法想象。"

对于企业而言，雇佣非正式员工能够更方便地调整人员配置。但是反言之，对于劳动者而言，非正式雇佣缺乏稳定性。尤其是在北海道，非正式劳动者占总劳动者的42.8%（2012年就业结构基本调查），仅次于冲绳位列全国第二。

在此背景之下，不容忽视的又一事实是，昭男先生今年已经四十五岁了。虽然他也想依靠自身努力找到工作，但因年龄不符合许多招聘的要求，在求职的道路上时常碰壁。而当依靠派遣公司介绍工作的时候，求职者就失去了自主选择权。最终，求职者只能往来于各个派遣单位之间，即使想要摆脱非正式工作，也难以如愿。

想要阻止"老后破产"的代际传递

和儿子昭男先生一样，义昭先生无微不至地呵护着孙子成长。为了给孙子制作便当，义昭先生每天坚持早起，娴熟地利用着冷冻食品，为孙子制作倾注着满满爱心的便当。

孙子似乎非常喜欢爷爷，总是开朗又充满活力的样子。孩子的学习成绩优异，他告诉我们，自己将来想要上大学，学习电脑编程。昭男先生虽然曾因工作缘故在孩子的成长过程中缺席了很长一段时间，但是孩子对他而言仍是片刻都未曾忘怀的内心挚爱。昭男先生刚刚搬回来的时候，父子俩交流起来还略显生硬，随着时间的推移，这样的"隔阂"也逐渐消失。在昭男先生决定搬回来与父亲、儿子共同生活的时候，一方面是想守护父亲，另一方面也是想弥补长久以来没能陪伴儿子的遗憾，拉近父子俩的距离吧。与家人共同生活——一个简单、朴素的心愿，然而这个心愿却是在昭男先生失业、失去住所后才得以实现，即便如此，这又何尝不是家人携手共进的一个契机呢。

然而，昭男先生被解雇后，他时常担忧自己能否负担得起儿子日后上大学的费用。明年（2016年）儿子就要高中毕业了，他想要进入大学继续深造，然而昭男先生能支付得起学费的可能性并不大。

义昭先生非常疼爱孙子，很想支持他继续深造，但由于儿子失业，孙子可能不得不放弃学业，这个想法也渐渐浮现在义昭先生的脑海中。关于如何才能让孙子上大学，他与昭男先生商量了一番。父子俩得出的结论如下。

"虽然想支持孩子上大学，但目前实在没有钱。大学学费得要几十万日元吧。因此，我们只能鼓励孩子'你晚一两年再上学，先打工攒钱，靠自己的能力支付学费吧'。家里实在负担不起这笔费用。只能靠他自己努力了……"

义昭先生无力地说道。

"我也想竭尽所能为孩子凑齐学费。但是，实在无能为力了。就算是接受了助学帮扶，得到的奖学金也是借款，今后得要偿还。所以还是入学前就凑齐学费比较好。"

作为父亲的昭男先生心情颇为复杂。孩子成绩优秀，身为家长，他希望自己的孩子能够抓住自己没能抓住的机遇，拥有不一样的人生。但是自己却无力支付孩子继续深造的费用，只能告诉他"你必须依靠自己的努力"，昭男先生的内心苦涩无比。

"我真心想让儿子上大学，支付他的学费。但现实是，真的很难。不仅是我家，在贫困家庭出生的孩子的升学率普遍较低，这是一个现实问题。是不是都是由于经济原因呢？虽然我让儿子自己打工攒钱，靠自己的力量支付大学学费，但作为父亲，我还是想为儿子做点什么。我真的想为儿子做点什么……可真的很难。"

为攒钱支付大学学费，昭男先生的儿子已开始在超市打工，负责搬送货物。每天从学校放学回家后，他就前去超市工作几小时。

"你现在是为了能上大学在工作吧？"

"现在除了工作也别无他法了……"

孩子这般说着，他的目光中闪烁着坚定的意志，仿佛在说"我不想再给爷爷和爸爸增加负担了"。孩子的表情在告诉我们，他想要守护家人的人生，不能让他们为了自己舍弃一切。

"一方面我想要支付大学学费，另一方面我还想生活得更宽裕些，所以我开始了打工生活。哪怕是100日元、1 000日元也好。依靠自身力量赚钱，能稍稍减轻一点家庭的负担也是好的。而且，虽然我不知道要花多少年，但是我想在实现自己的梦想之后，让爷爷和爸爸过上更好的生活。"

能否守护与家人一起的生活

安田父子俩始终希望一家人能一起生活，但是否因为与家人同住就不能再次接受生活保护了呢？在对自治体及厚生劳动省进行取材后，我们了解到，判断是否发放生活保护这一事本身也存在很大难处。

为了解对安田家能否接受生活保护给出判断的过程，我们采访了负责相关事务的札幌市区政府。负责的课长表示，他们也与众多自治体一样，根据家庭成员的总收入来判断是否予以生活保护。

"在札幌市，申请者可前往区政府的咨询窗口（生活保护咨询）。我们会向申请者说明生活保护的制度和实施办法。本制度的原则是在有效利用申请者工作能力及现有资产的基础上，对实在无法实现的部分，由生活保护予以补助。在认定申请者是否能够接受生活保护的过程中，需要考虑其家庭总收入，两代人家庭中指的就是养老金收入和子女的工作收入（薪资），总体核算过后，这一数值若低于国家规定的最低生活费，即生活保护接受基准，则可予以生活保护。"

"最低生活费的金额是固定的吗？"

有了最低生活费的标准后，应该很容易判断申请者是否拥有接受生活保护的资格，事实果真如此吗？面对我们的提问，对方却表示，制度实施起来相当复杂。

"我们需要考虑的申请者的年龄、家庭成员这些要素时常会改变，尤其是在札幌这样寒冷的地方，一户家庭的人员组成在夏天和冬天可能都不尽相同。申请者的家庭中有残疾人的情况下，需要提高最低生活标准，因而无法用同一数值衡量所有家庭。"

"在申请者前来咨询后，根据每户家庭的不同情况，你们会计算出相应的最低生活费用，并以此为依据予以评判，是吗？"

"没错。在接受咨询后，我们会向申请者说明依据其自身情况计算所得的最低生活费用标准，以及就其目前收入数额而言能否接受生活保护，我们都会仔细解释。"

对于"由于从事日结工作而无法取得稳定收入的情况"该如何应对，区政府的咨询窗口也会予以详细说明。

"虽然以月收入为衡量标准，但是有些申请者从事的是非正式工作。尤其对日结工作的从业者而言，每月的收入情况都不相同，若连续休息、没有工作的话，收入也会减少，我们也会将这种情况列入考虑范围。生活保护费的额度由每月的收入决定，例如在收入减少的情况下，受保人所领取的保护费用也会增加。另一方面，在收入增加的情况下，相应的保护费用便会减少，通过这样的方式，我们每个月都会根据受保人的收入情况计算相应的给予额度。"

既然如此，即使因收入一时超过基准线而无法接受生活保护，在工作暂停、收入骤减的情况下，应该能够再度申请生活保护的吧？我们向负责人提出了这一疑问。

"比如说，该申请者过去曾有一定的收入，但是此后却遇到了停工或收入减少的情况，这样的话该怎么办才好呢？"

"在申请者前来区政府咨询的时候，他也许还有工作，但那之后一周，该申请者就遭到解雇，或因生病而无法继续工作，这样的情况也会发生。申请者的状况发生改变后，如果再次前来咨询，即便是此前无法接受生活保护的家庭，在遭到解雇之类的变故后，也能得到批准，领取生活保护，这类情况时有发生。一旦情况发生改变，我们欢迎申请者随时前来，我们竭诚为申请者提供帮助和服务。"

根据工作人员介绍，当昭男先生收入减少、数额低于最低生活费用标准的时候，只要再次申请生活保护，就能通过生活保护补足不达标的部分。申请时需要提供当月收入证明及下个月的收入预测等材料，在备齐相关文件后，就能够提出申请。判断其能否再度接受生活保护的审查程序需要两周左右的时间，只要提交申请，安田父子未来就有可能接受生活保护。然而，这一系列的手续原则上都需要本人进行直接咨询、申请办理。若申请者由于生活保护的终止而放弃再度申请，或无法鼓足勇气再次提交申请的话，那么即便其收入减少、生活困窘，也无法得到政府的救济。就这一点，我们向工作人员询问了详情。

"我们基本上都会耐心服务前来咨询的人士。有些人在过去前来咨询的时候，曾表示难以维持基本生活或生活窘迫，针对这些咨询者，区政府方面会在一个月后与其取得联络，询问其状况是否有所缓解。遇到情况严重、令人担忧的咨询者，我们会几度致电关心，劝其申请生活保护。我们是负责生活保护的部门，生活保护咨询窗口是社会保障制度最后的堡垒，我们始终保持着这样的立场，衷心希望生活有困难的人士随时前来咨询。"

2015年8月末，NHK特别节目《老人漂流社会　避免两代人两败俱伤》得以播出，节目报道了安田父子俩陷入窘境的生活状况。节目播出后，义昭先生随即收到了区政府工作人员的电话联络。

"如果您有任何困难的话，请前来咨询，我们共同商讨解决办法。"

面对工作人员的话语，安田父子俩虽然也想前去，但仍有无法成行的苦衷。

虽然与家人同住，仍处于"独居生活"的状态

2015年9月，节目播出后，距离上次见面过了一个月左右的时间，我们为拜访安田先生，再度来到父子俩居住的小区。当时札幌市寒意渐浓，如果不穿厚外套的话，没法在室外久待。

来到熟悉的住宅区后，义昭先生与昭男先生一同前来迎接我们。乍一眼，我们首先注意到了昭男先生的样子。他同之前相比，一下子消瘦了许多，看起来筋疲力尽。

"您的身体没事吧？是不是瘦了些？"

"我最近很忙呢……"

昭男先生有气无力地答道。

在上一份工作结束后，昭男先生所注册的派遣公司

又给他介绍了新的工作。新的工作内容是在食品货物的装卸现场驾驶叉车将货物堆放到卡车上等。薪水日结，每天7 500日元，与之前的工作持平。但是现在的工作地点距离市内很远，通勤时间变长了。虽然上午八点开始工作，但昭男先生每天早上六点半就要从家出发，夜里很晚才能到家，每天如此。

"工作时间基本是上午八点到下午五点。但有时候任务多忙不过来，每天要加班一到两小时。工作结束的时候都已经晚上九十点钟了。到家已经筋疲力尽……"

昭男先生现在每天早晨六点半出门，深夜十一点过后才到家……为尽可能多挣一点钱，他只在每周日休息，其余六天都在勤恳工作。

"不好好工作的话就没法维持生活了，我别无选择，只能努力工作。休息一天就少挣一天的薪水，老实说我一天都不想休息。不拼命工作的话，就没法挣足够的钱。虽然这样说有点不好，但在身体还没崩溃、我还能坚持的情况下，我都会拼尽全力地工作。"

刚开始与父亲同住的时候，出于对义昭先生身体状况的担忧，昭男先生总会帮忙分担家务，但现在，周日是他唯一的休息日，由于平常工作疲劳，昭男先生总要睡到午后，没法帮忙分担家务。义昭先生虽然体谅儿子的状况，但要独自承担所有的家务，好像也力不从心。

"打扫、擦窗之类的家务活，这些我做不了的事，过去儿子都会帮我完成。但现在他没法继续帮忙做家务了。你看现在家中没有好好打扫，很脏吧……"

义昭先生无精打采地低垂着头。平日里，始终独自在家的义昭先生，虽然想要独自完成家务活，却心有余而力不足，此刻我们仿佛感受到了他内心的无奈与焦虑。

"您的儿子每天要忙工作、家务事，很辛苦吧？"

"他没法兼顾啊。你看，房间都乱糟糟的。儿子光是忙工作已经筋疲力尽了，无暇顾及其他。他上周日也去工作了。"

"他平时几乎都不在家啊？"

"嗯，不在家。他早上六点半出门，晚上很晚才回家，到家已经疲惫不堪。"

"但是，不工作的话也不行啊。"

"没错……"

在高龄父母与子女同住的情况下，为尽可能多挣些钱，子女的工作时间相应延长，因而父母独自在家的时间也会增加。子女延长工作时间也是为了家庭生计。然而，他们越是忙于工作，越是无暇顾家，不得不放弃陪伴父母的时间。安田父子俩也面临着这样的两难困境，度过忙碌却又无奈的每一天。

目前，从提供上门看护及高龄老人福利服务的机构获取的信息显示，"日间独居"（因家人外出工作，老人白天独自在家，与独居无异，面临被孤立的问题）这一现象已成为公众不得不直面的社会问题。当老人独自在家的时候，若发生疾病发作、不慎跌倒等意外，很有可能发展为严重的事态。

白天的时候，义昭先生几乎都是独自在家，也就是处于所谓的"日间独居"状态。过去发生过前述意外事件，因而负责生活保护的工作人员劝说他"前来咨询",但他终究还是没法前去。对于义昭先生而言,独自步行所至的最远距离便是家附近的超市了。要他独自乘坐公共交通前往区政府,根本是不可能完成的任务。义昭先生虽然也想前去与负责生活保护的工作人员商谈,但是却"心有余而力不足",陷于两难境地。

"区政府的工作人员亲切地对我说:'有任何困难都请前来咨询。'我觉得很高兴。但如果我真的能去的话就好了,我没法去啊。现在连购物都渐渐力不从心了……"

对于独自前去窗口咨询这件事,义昭先生还有另一层顾虑。即便他能够独自前往区政府,但由于脑梗死后遗症的影响,他的语言表达能力不佳,他担心自己不能顺畅地表达出自己想要接受生活保护的想法。

义昭先生深深地叹了一口气,随后直愣愣地小声嘟囔着:

"如果我能去咨询的话就好了……能去咨询的话就好了……"

过于沉重的医疗费负担

因担心昭男先生的情况,我们特地在他不上班的周日前去拜访。这次见面,昭男先生看起来更加疲惫了。义昭先生也不再是以往精力充沛的样子。询问后得知,为支付滞纳的房租,义昭先生的养老金已经花完了。因此,安田家现在只能依靠昭男先生工作所得的日薪生活。父子俩眼下面对的该是何等拮据、窘迫的生活呢?晚餐时分,我们得到了答案。

花了110日元买来的六片装的吐司，拿出其中一片——这便是晚餐了。义昭先生把吐司放在盘子上，涂上人造黄油和蜂蜜。随后他把吐司对折，大口大口地吃了起来。一眨眼的时间，晚餐便解决完毕。我们得知，近来的餐食都是这般勉强对付的。

吃完饭后，义昭先生起身收拾餐具，只听昭男先生问道：

"吃完了？吃药吗？"

"嗯。"

据悉，昭男先生此前努力加班，终于凑够了义昭先生看病的钱。昭男先生在父亲去医院的日子放下了工作，难得地休息一天，陪同父亲去医院看病。

"因为我忙于工作，家务事全都交给父亲操持了，但是父亲要去医院的话，我还是会放下工作，陪他一同前往。不过，与其这么说，不如说是父亲现在已经没法独自去医院了。我必须放下手头的工作，接送父亲往返于医院，除此之外别无他法。"

支付了滞纳的房租及义昭先生看病的费用后，这段时间的开支比平时要多了10万日元左右。这对于安田家来说无疑是巨大的负担。靠着义昭先生的养老金以及昭男先生一点一滴存下来的钱，总算是支付了这笔费用。但是，付完这笔钱后，父子俩手头上几乎没有可支配的余款了，从那一天起，只能依靠昭男先生每天7 500日元的日薪勉强维生。而这笔收入也并不是每天都有。

距离下一次领取养老金的日子还有大约一个月的时间。

这段时间，父子俩还将继续依靠售价110日元的六片装吐司面包过活吗？即便面临眼下这般状况，安田父子俩似乎从未考虑过向他人求助。"凝聚起家人的力量"，他们这般鼓励着自己，不向任何人抱怨，默默地忍耐着、静静地生活着。

如何发现"两代人两败俱伤"的状况？

在厚别区，若邻居察觉异常情况并向自治体汇报，就会有相关工作人员上门拜访。

"原则上是需要本人前来咨询商谈，但若接到附近邻居察觉异样的报告，我们当然也会破例上门拜访。只要收到消息，我们就不会放任不管。"

除了安田父子之外，我们还听取了众多接受NHK问卷调查的人士的心声。从中我们获悉，许多人除了不会向自治体求助之外，还会刻意向邻居隐瞒"正面临两代人两败俱伤"的情况。

尤其是在与中老年子女同住的家庭中，假如子女没有工作，陷入"茧居"的状态，且很多时候这些子女都没有工作的意愿，在这样的案例中，很多父母会选择向邻居们隐瞒事实。

这类家庭中，工作这件事对子女而言存在很大困难，因而只能依靠父母的养老金生活，如果父母发生什么意外，两代人都将难以继续维持生活，但是寻求援助的话，会将这个问题暴露在他人面前，可能父母害怕这样的情况发生吧。

家庭成员不想被外人知道家庭内部问题，因而远离周围的援助，这是"两代人两败俱伤"现象的一个深层特征。即便无业的子女陷入"茧居"的状态，自家正面临"两代人两败俱伤"的局面，很多时候邻居连两代人同住这件事都不知道，也就难以得知其面临的真实困境。如何弄清这般难以捉摸的"两败俱伤"的事实并提供具体的援助呢？仅仅依靠过往的地区关怀政策、行政架构的话，还是存在一定的局限性的。

无法普及的"关怀"政策

在安田父子俩居住的地区，为防止高龄老人被孤立，地方上积极举办邻里交流等多种活动。与住宅区中心的购物中心紧邻的"管理中心"时常被用作会场，举办各种交流活动，目的是使居民在一年中的任何时候都能轻松参与。在此类活动现场，居民能与社工、看护援助咨询员交流生活、健康方面的烦恼，也就是所谓的"万事皆可咨询"。正因为住宅区规模巨大，就其为促进邻里交往、积极推动地区社交网的形成这一点而言，似乎比其他的地区先行了一步。而积极领导、促成活动开展的，便是民生委员。在厚别区的枫叶台地区，共有42名民生委员。从各自的工作单位退休后，这些前辈正以民生委员的身份为地区事业贡献自己的力量。枫叶台地区民生委员协会会长野村秀雄表示，目前的援助政策需要让身处困境的人主动前来咨询，这样的"被动援助"存在局限性。

"我们想要让'邻里交往'重现活力。促进邻里之间的互动、交流，仅仅依靠地区居民都能参加的大型活动还不够，我们每月还举办名为'地区茶室'的活动，居民能轻松地前来一边饮茶一边互相交流。同时，我们还准备了名为'福利城镇推进中心'的场所，让居民随时都能前来咨询。此外，我们还设置了外出办事处，以接受街头咨询，等等。我们作了各种努力，但是居民们似乎并没有充分利用，这就是目前的状况。"

虽然在区域内设置了咨询窗口，但为了寻找"无意前来咨询"的人们，地方上还开展了关怀服务，通过上门拜访的方式了解居民的健康状况、生活情况等。受访的对象原则上是六十五岁以上的独居老人。42名民生委员根据各自负责的区域划分，每月一次，一户一户地走访。

我们跟随地区民生委员阿部知一同前去拜访独居老人。阿部总共负责近40户人家。这一天，他拜访的目的地正是住宅区。由于枫叶台的住宅区没有电梯，走访的过程中光上下楼梯就是繁重的体力活了。阿部表示："光是要走遍住宅区就很累了。很需要体力。"

按下对讲机后，一名七十六岁的独居男性打开了门。阿部在玄关前与他聊了20分钟，轻松地拉拉家常，聊聊健康状况、生活情况，等等。据悉，这位男性约十年前搬到此住宅区居住，一直不与邻居往来，也无人前去拜访。他表示自己因民生委员的拜访而感到很安心。

"有时候，我也会出现身体不舒服的情况。民生委员前来拜访的时候，哪怕是偶尔也好，我能与之交流自己的身体状况，感觉很宽慰。对我来说很有帮助。"

这位男性表示，他也想与邻居们交往，但是真要做起来感觉很难。

"我很想与邻居们交往，但是作为一名独居男性，我不知道该怎样与大家交往，总也做不好。目前我还能正常说话表达，不知以后会怎么样呢。我不想卧床不起啊……"

厚别区枫叶台地区的独居老人约有1 400户。即使42名民生委员分工负责，对所有老人进行一月一次的家访还是巨大的负担。同时，对于该地区的高龄夫妇、高龄兄弟等家中只有高龄者生活的家庭，还需要进行一年一次的家访。光是上述任务就已经令人筋疲力尽，没有多余的精力关心两代人同住的家庭了。

"原则上，我们要对六十五岁以上的独居老人每月家访一次，但如果察觉到'这位老人的状况很令人担忧'，我们也会对其进行频繁家访。例如对患有慢性病的老人，我们要确认他们是否按例前往医院接受治疗，在去医院的第二天，我们会询问其就诊结果，'医院的医生怎么样？告知了些什么？'，还需定期确认其是否按时服药。"

在此类家访过程中，民生委员有时会遇到老人的子女们，发现原本"独居"的老人突然与回到老家的子女开始同住生活，这样的情况正显著增多。会长野村表示，实际数量尚未可知，但是遇到这种情况的概率确实高得惊人。

"老人原本一直处于独居状态，然而子女由于种种原因回到老人身边并开始与其同住，这样的事情非常常见。我们的家访活动是以独居老人为对象开展的，原本以为某位老人一个人住，上门拜访时却发现老人正与子女共同生活，这样的例子并不少见。实际拜访此类家庭后会发现，他们可能正面临这样或那样的问题。也许正是因为两代人同居，反而遭遇了各种各样的问题。"

阿部也表示，在自己家访的过程中，也曾发现原本只有独居老人的家庭，出现了归家的中老年子女的身影。

"在我所负责的家庭中，时常听到这样的事，即使儿子回到了高龄父母居住的家，也难以就业。为照顾父母而开始两代人同住的生活，子女在当地却很难找到工作。这样的案例不断涌现。"

子女回到老人独居的家庭中以后，这户人家便不再是民生委员家访的对象了。然而，家访停止后，也有人前来咨询，表示"子女回到身边很令人高兴，但是生活开销也变大了，很苦恼"。

"我们的关怀家访服务针对的是六十五岁以上的独居老人家庭，但现在看来这一原则需要改变了。对于完全有能力进行独居生活的老人可以不再每月家访，而是要更多地关注虽处于两代人同住的家庭中，但健康状况不佳的老人，或是经济困窘的家庭等，对这些家庭进行积极家访，并逐渐朝着行政援助的方向引导。"

地区关怀活动的前路何在

快到2015年秋季庆典①的时候，枫叶台地区民生委员

---

① 秋天举行的各种庆祝活动的总称。主要指的是在农村地区举办的各种感恩收获的庆典。

协会的野村会长为庆典的准备工作拜访了当地的神社。野村先生平日里也不休息，每天都在为民生委员的工作而忙碌。作为地区组织的领导，他的职责繁重，但目前面临的最大难题是民生委员的后继者问题。为扩展关怀访问的对象范围，野村先生考虑要增加人手，然而，仅仅是维持目前的人员配置，似乎就已经很困难了。

"不仅是枫叶台，在札幌市也有相同的状况，全国都是如此。民生委员自身也存在老龄化的问题，而地区内很难找到愿意继续做这一工作的人。正因为此，虽然我想要扩大关怀活动覆盖的对象范围，但是要增加民生委员的人数几乎不可能。"

野村先生说罢，叹了一口气：

"这份工作干起来很不容易，需要承担相当的责任，因此也不是谁都能胜任的。明年，目前枫叶台的42名委员中将有11名年满七十五岁，面临退休。我很担心到时能否招到11名新委员来填补空位。"

照眼下的状况来看，能否维持目前的关怀活动尚且未知。关怀活动开始后，民生委员在维系地区社会关系的层面上发挥了巨大的作用，但民生委员人手不足，甚至已出现了青黄不接的现象，由此带来的问题是，地区组织该采取何种方式援助老年人家庭呢？面临这一困境的并不仅仅是厚别区。

能否依靠就业援助来预防"两代人两败俱伤"

"两代人两败俱伤"的根本问题在于，如同安田昭男先生一样，中老年子女必须照顾父母，因而他们只得选择从事非正式工作，与正式员工相比，没有稳定收入，这一雇用问题也是"两代人两败俱伤"现象的背景之一。收入不稳定的子女与依靠养老金生活的父母共同生活，如果发生父母需要看护、医疗，或是子女生病的情况，生活便可能一下子陷入困境。更有甚者，很多情况下，从事非正式工作的子女无力支付养老金保险费，专家指出，这部分人群可能面临"恶性循环"的状况，日后无法避免"老后破产"的结局。

国家和行政方面对于此问题也没有坐视不管。为向陷入生活不稳定局面的人群提供援助，"生活困难者自立援助制度"于2015年4月开始实施，提出了各种各样的具体对策。在该制度推出之前，札幌市已率先采取对策，2013年开始于厚别区及丰平区设立"生活及就业援助中心"，该中心为厚生劳动省的示范工程。根据调查结果显示，即使两代人共同生活也无可避免地陷入了生活困窘的境地，这样的事例正在增加，有关部门决定通过该示范工程投入更多的精力在此前从未关注过的领域——中老年就业援助，随即设立了"札幌市生活就业援助中心'STEP'"，该中心位于因举办札幌雪祭而闻名的大通公园旁的大楼中。

"STEP"会根据来访者的实际情况决定具体援助措施。进入其办公区域后，便可看见许多小小的隔间，每一间都是咨询室，只见门上挂着"咨询中"的牌子。咨询援助主任佐藤真贵子带我们来到一间空着的咨询室内，为我们具体介绍"STEP"的咨询业务。

"我们在这里记录个人信息。"

打开上着锁的储藏柜，只见里面摆放着许多文件夹，来访者的咨询内容如病历卡一般整理妥当。

"文件中包含个人信息，因此不能给你过目。半年来的咨询例数已达到849例。来咨询的多数是三十多岁至五十多岁的人。"

"你们以何种方式提供援助呢？"

中老年人群在求职过程中，连符合用人单位的硬性条件都很困难，如何对这一人群进行援助呢？我们就此具体询问了佐藤女士。

"在确认了来访者的就职意愿后，咨询员会与其一同确立计划、探讨解决方案。在此过程中，我们都是以就业形式为核心考虑来制订计划的。为实现这一目标需要作出怎样的努力、必须完成何种事项，在确定上述内容后，我们会朝着既定目标提供援助。目前是这样的流程。"

对于一直以来靠一己之力难以就业的人群而言，能否仅凭制订的计划就将其与就业实际连接起来？我们向佐藤女士提出了这样的疑问。

"在经济窘困的人群中，不少人总想靠自己的力量做些什么，并为此而烦恼。但是在这里，抱有此类想法的人能够与我们一道，朝着自立的目标努力。在寻找工作的过程中，首先我们会听取来访者的自我介绍，比如工作经验、擅长或不擅长的领域等，我们会据此提出最适合来访者的工种或转行的方案，某些职位可能来访者并不中意，但我们的目标是有效利用其特长，寻找最合适的解决方案。"

我们不禁想到，昭男先生所擅长的领域是叉车驾驶，但他却只能找到日结薪水的工作，于是我们再度提出问题：

"根据北海道的雇用情况来看，即使是四五十岁的人，想要找一份稳定的工作也真的能如愿吗？"

"与全国相比，札幌的有效求人倍率①较低。今年以来正逐步改善，与过去一段时期相比，企业的招聘需求增加，但我们也不能保证市场上一定有各人心仪的工作。"

果然现实是残酷的。但听了佐藤女士的介绍后我们了解到，如果不对工作内容或工种有过多要求的话，还是能找到工作的。我们询问佐藤女士，是否能为我们具体介绍实际转行成功的案例。

"曾有一位前来咨询的来访者，是一名五十多岁的男性，他此前从事了二十多年技术领域的工作，除此之外没有别的行业的工作经验。他辞去了之前的工作后，想要再找一份技术领域的工作，却始终未能如愿，两年多时间都处于无业状态。他前来咨询的时候，存款也快要见底了，找工作迫在眉睫。"

咨询员首先仔细询问了他此前的工作内容，了解到，他的工作虽说是技术领域，但工作内容主要是与客户谈判、针对商品的投诉进行处理等，他擅长与人打交道，因而可以将这一点有效利用，寻找合适的工作。

"在交流的过程中我们感觉到，他待人和气，能够很好

---

① 经济指标。在一定期间，一名求职者对应的招聘数量。一般求人倍率高的社会，企业需要的劳动力较多，经济更有活力。

地与人交流。因为此前有两年的工作空白期，我们提出可以先找一份短期兼职工作。"

我们向该男子推荐的工作是负责管理停车场的兼职工。他表示，为了赚取生活费想要好好工作，也想要继续努力，作出新的尝试。

"接下来，针对简历的书写方法等，我们也给出了许多建议。比如，应聘的时候，在职业履历中详细交代工作内容，如与客户交涉、处理投诉等。在面试中，他也听取了我们的建议，强调了上述工作内容的部分，最终获得了录用。此后，我们询问了公司方面该男子入职后的表现，对方表示，他善于待人接物、工作认真，给予了很高的评价。现在他正从短期工作向长期工作慢慢转换。"

这样的成功案例的确存在。但是，四十岁之后从事全新的工作，对很多人来说也许并不容易。同时，经历长期失业的人群容易陷入"茧居"的状态，丧失工作意愿，对有些人来说，就业本身已经是一件困难的事。对于这一人群，应为其提供更基础的援助手段，如改善生活习惯、提高工作意愿，等等。我们发现，虽然统称为"中老年就业援助"，但根据个案的不同，需要花费的时间与精力也各不相同。在不同的案例中，人们往往都有不同的需求，有些人需要精神支持，有些人想要寻找工作，有些人则寻求就业技能培训，咨询员会以团队工作的模式，根据实际情况提供援助。

"有不少咨询者此前参与了各种求职活动，但都未能成功就业，因而否定自身能力、对自己丧失信心。在这种情况下，我们必须要帮他们解开心结。首先要让他们有这样的积极心态：'是啊，工作吧，先试试看吧！'"

首先我们会要求求职者频繁地前来咨询室，调整生活节奏，在咨询的过程中与我们交流此前的工作经验。我们的出发点是，通过这一系列举措，让求职者意识到"说起来，我也曾经工作过啊，工作就是这么一回事啊"。

"在有些案例中，我们通过逐步提高咨询者的就业意愿，向具体就业准备阶段进展。也有些案例中的咨询者此前是由于身体原因而辞去工作的，我们便需要随时向本人确认身体状况是否已恢复，能否重新开始工作。"

对生活穷困人群提供的援助内容并不单纯只是"找工作"而已。在这里，如果遇到就业困难的情况，应确认咨询者是否需要接受生活保护，必要时与市政府的保护课取得联系。有时候，咨询者就业后，需要寻找承担父母看护工作的机构，工作人员也会介绍其前往地区综合援助中心。如果咨询者由于房租或通勤等因素而面临住宅问题，工作人员便会推荐其前往公营住宅的负责窗口。目前的援助方针是，以咨询者的自立为目标，配合利用各类综合性必要政策，解决咨询者的烦恼，最终帮助其就业，实现自立。我们突然想到，此机构的名称为"STEP"[①]：经过各种各样的步骤，联合地区各个相关机构，为咨询者提供综合性的援助，为实现自立而一步一步地坚实前进。这也许便是"STEP"这个名字的寓意吧。

---

① 英语中为步骤、步伐、阶段的意思。

同时，我们也了解到，"两代人两败俱伤"这一问题的根本在于，家人之间虽互相扶持，但却各自怀揣着各自的问题，不与他人倾诉。比如来到咨询窗口积极寻求援助，这对很多人来说也许也是件难事。目前的援助架构，只能做到被动等候市民前来寻求援助，要向主动给予关怀、积极施以援助这一方向转型。在这点上公共制度还存在一定的局限性。

通过问卷调查窥见的"老后破产"的现状

"两代人两败俱伤"这一现象究竟有多普遍呢？为了确认这一问题的现状，札幌市厚别区的民生委员协会与NHK联合进行了一次问卷调查。厚别区的地区民生委员负责分发问卷调查，最终我们收到了来自1 731户高龄老人家庭的回答。

首先，家庭状况的调查结果显示，夫妇二人共同生活的情况最为普遍，总体占比42%，其次是独居生活，占比32%。与子女同住的家庭为385户，占比22%。每5户高龄老人家庭中就有1户与子女同住，这一比例超过了全国平均值。（图1）

其次，在与子女同住的385户家庭中，有41%的家庭（157户）收入来源只有养老金。数据显示，在很多家庭中，子女因为没有收入来源而选择与父母同住。在这些家庭中，仅有9户家庭正在接受生活保护；有13户家庭的收入来源仅为至多6.5万日元的养老金，且未接受生活保护。（图2）

随后，我们对高龄父母与子女同住家庭（385户）的年收入进行了分析。（图3）

年收入最高为300万日元至499万日元的家庭占比30%。父母目前还在工作，不必担心经济来源，这样的家庭也属于上述范围。其次为收入达到200万日元的家庭，占比23%。随之，有19%的家庭年收入在200万日元以下。

对子女职业的调查结果显示，有82户家庭的子女未在工作（无业），占比21%；115户家庭的子女从事派遣工作或打工等非正式工作，占比30%。数据显示，合计有半数的子女处于收入不稳定的状况。

从上述数据中不难看出，老人即使与子女同住也并不能保证"老后能过上安心的生活"，更有甚者，是子女在依靠着年迈的父母生活。

有145户家庭的子女曾经独立生活过，之后又回到父母身边，在所有两代人同住家庭中，此类家庭占了约四成。究其原因，有70%的家庭，共计101户表示是换工作、失业、离婚等子女方面的事由；17%的家庭，共计25户表示是父母生病、需要看护等父母方面的事由，13%的家庭，共计19户表示并没有特殊的理由，只是出于经济缘故而选择两代人同住。

另一方面，在对问卷调查结果的分析中，有一个问题的回答令人惊讶。我们对仅靠养老金生活的157户两代人同住家庭，提出"对于目前的经济状况作何感受？"这一问题，并对答案进行了分析。（图4）

原以为，会有大半的回答表示"非常困难"，但分析结果恰恰相反。仅有12%的家庭（18户）表示"非常困难"。相反，多数家庭选择了"虽不宽裕，但生活没有困难"，这一回答占比52%（81户）。

对实际参与问卷调查的家庭进行走访、询问详情后，我们听到了不少"伙食费都相当紧张""减少了去医院的次数"等抱怨。然而，这些家庭即使面临伙食费、医疗费紧张的局面，在问卷调查中也并未表示自己"经济困难"。

明明生活困难，为何选择了"虽不宽裕，但生活没有困难"这一选项呢？我们在采访现场所感受到的是，虽然现在与过去的时代大有不同，但人们的意识却未曾改变，依旧抱持一如既往的中产阶级意识，并为这种意识所束缚。当团块世代的人们以正式员工的身份工作的时候，社会正处于"一亿总中产"①的时代，大家都异口同声地表示"老后怎么可能生活困难呢"。

即使是社会环境愈发严峻的现在，"不愿承认自己是生活困难者"的执念仍牢牢占据着多数人的内心。正因如此，很多人想着"只要去工作，一切问题就都能解决""节约着就能过下去"。他们可能真心认为依靠自身的努力便能解决眼前的困难，不必因而也不想寻求周围人的帮助。

在实际与这些家庭接触过后，我们感到，很多人看起来并不是在逞强，而是抱着"明天又会是新的一天"的希望，坚强地生活着。但是，一旦自己或家人因疾病或受伤

---

① 或称"一亿总中流"。这是1960年代在日本出现的一种国民意识，在1970年代和1980年代尤为凸显。终身雇用制下，九成左右的国民都自认为是中产阶级。"消费是美德""金满日本"成为当时的社会风气。

札幌市厚别区高龄人群现状问卷调查
（札幌市厚别区民生委员协会与NHK的共同调查）

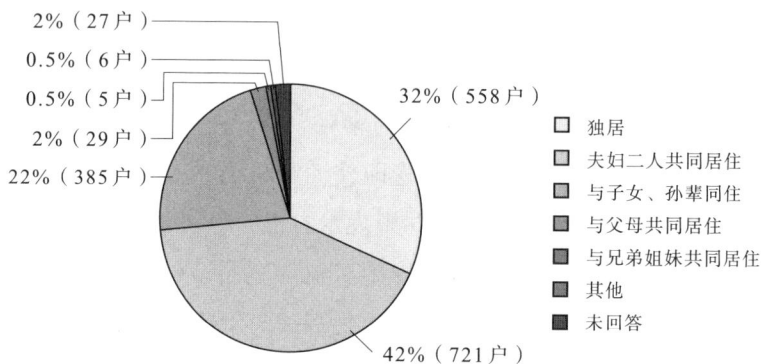

2%（27户）
0.5%（6户）
0.5%（5户）
2%（29户）
22%（385户）

32%（558户）

- ☐ 独居
- ☐ 夫妇二人共同居住
- ☐ 与子女、孙辈同住
- ☐ 与父母共同居住
- ☐ 与兄弟姐妹共同居住
- ☐ 其他
- ☐ 未回答

42%（721户）

图1 家庭情况
（1731户高龄老人家庭给出的回答详情）

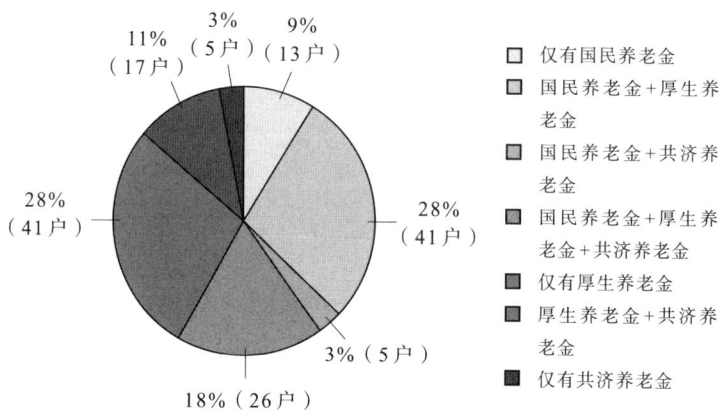

11%（17户）
3%（5户）
9%（13户）

28%（41户）

28%（41户）

3%（5户）

18%（26户）

- ☐ 仅有国民养老金
- ☐ 国民养老金+厚生养老金
- ☐ 国民养老金+共济养老金
- ☐ 国民养老金+厚生养老金+共济养老金
- ☐ 仅有厚生养老金
- ☐ 厚生养老金+共济养老金
- ☐ 仅有共济养老金

图2 家庭收入情况（养老金领取情况）
（在选择"与子女、孙辈同住"的385户家庭中，对148户表示养老金是唯一收入来源的家庭所作的调查结果详情）

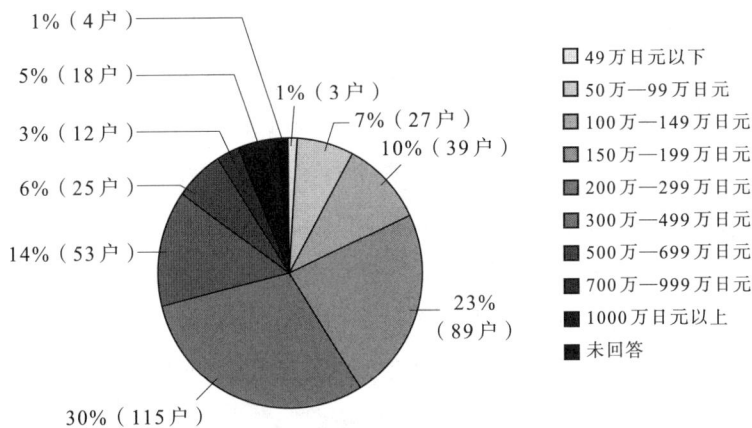

1%（4户）
5%（18户）
3%（12户）
6%（25户）
14%（53户）
1%（3户）
7%（27户）
10%（39户）
23%（89户）
30%（115户）

49万日元以下
50万—99万日元
100万—149万日元
150万—199万日元
200万—299万日元
300万—499万日元
500万—699万日元
700万—999万日元
1000万日元以上
未回答

图3　各家庭的年收入情况

（在1731户高龄老人家庭中，表示"与子女、孙辈同住"的385户家庭给出的回答详情）

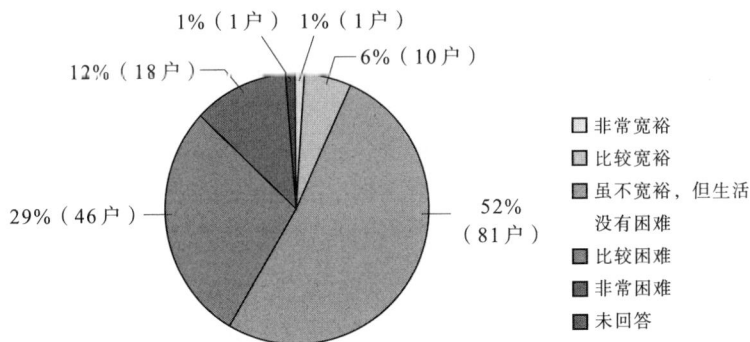

1%（1户）　1%（1户）
12%（18户）
6%（10户）
29%（46户）
52%（81户）

非常宽裕
比较宽裕
虽不宽裕，但生活没有困难
比较困难
非常困难
未回答

图4　对目前的经济状况作何感想

（在1731户高龄老人家庭中，表示"与子女、孙辈同住"的有385户家庭，其中157户家庭的唯一收入来源为养老金，其回答详情）

等原因产生巨大开销，生活便会一下子变得难以维持，随即陷入"老后破产"的境地。这样的事例层出不穷。

实际上，自治体针对生活困难的家庭推出了多种援助政策，供市民选择，其中包括减免税金、减少各类公共服务费用办法等。但是，只有在自身意识到"经济困难"的前提下，才能有所行动，积极地接受各种服务。如果只是一味地想着"虽然有困难，但总能解决的"，这般默默忍受着，就无法接受各种服务了。通过问卷调查我们看清了这样一个事实：援助手段无法触及所有潜在帮扶对象，隐藏在背后的原因正是人们的意识问题。

第二章
爆发性增长的"老后破产"高危人群

无法自立的中年子女们

在札幌市厚别区进行的问卷调查反映了"两代人两败俱伤"的现实——其中不少案例都处于"现在还没有问题，但无论如何都躲不过'两败俱伤'的结局"的情况。中老年子女无法独立，与父母同住，高龄的父母成了主要劳动力，支撑家庭开销，不少这样的家庭都面临着"将来会两败俱伤"的危机。通过第一章中所介绍的问卷调查结果可以明确，这样的家庭正在与日俱增。

哪天，父母没法继续工作了的话……

哪天，父母生病了、需要看护的话……

这些家庭面临着巨大的不安，但大多数人都不知道该如何避免"两败俱伤"的局面。

要如何做才能预防因两代人的两败俱伤而导致的"老后破产"呢？在对这些为将来而不安的家庭进行采访后，我们一边思考着能否寻找到这一问题的答案，一边继续我们的采访之路。

有这样一户家庭，在问卷调查中言词激烈地诉说了对未来的不安。那便是挂川一家，他们的家庭年收入合计超过500万日元，乍一看似乎并没有任何问题。这样的家庭为何会有陷入绝境之感呢？2015年4月下旬，我们开始了对挂川家的采访。我们拜访了位于住宅区一楼的挂川家，母亲幸子女士迎接了我们。幸子女士看上去至多六十五岁的样子，显得非常年轻，神采奕奕、性格开朗。与她交谈，让人心情愉悦。

一开始，因为幸子女士看上去非常健康，我们甚至想着"这个家庭应该没什么问题吧"。但是，在多次拜访的过程中，我们渐渐了解到这户家庭对未来感到不安的真实原因。

挂川一家四口共同居住，他们所生活的住宅区采用了和安田家一样的房屋布局，但也许是家庭成员多的缘故，感觉房间略显局促。夫妇二人目前与三十多岁的长女、长子共同生活。

"您一直和子女们一起生活吗？"

"长子二十岁的时候去了东京，后来一直在东京工作。但是在他回来之后，我们便一直一起生活。"

母亲幸子最担心的，就是三十八岁的儿子。

"他在东京生活了多长时间呢？"

"十年左右吧。"

从札幌市内的专科学校毕业后，儿子便在东京一家与IT相关的企业获得了一份正式工作。

"因为是正式员工，工资似乎也不少。所以他租了月租5万日元的公寓，生活仿佛也渐渐步入正轨，当时我对他并不担心。我也曾去过他租住的公寓，他就是过着普普通通的生活呢。"

然而，始终在东京独自生活的儿子，三十岁过后的某一天，突然辞去工作回到了老家札幌。刚回来的时候，儿子神色黯淡、闷闷不乐，也不与家人交流，问他究竟发生了什么事，他也默不作声。

"儿子在IT相关的公司工作的时候，虽然是正式员工的身份，但他还是被裁员了。随后，他想尝试从事自由职业，但因为很难接到工作，最后只得四处借钱，无可奈何之下回到了老家。"

母亲幸子推测着儿子当时的心情，这般叙述着。

"男孩子一般很少与我们言语交流。但是，在万般无奈之际，他还是给我们打电话了。儿子在电话里对我们说'想要回家了'，之后就立刻回来了。那时候他已经年过三十了。今后该怎么办好呢，我真的非常担心。"

但是，幸子表示，与儿子开始同住生活的最开始，他并没有再度就业的意愿。

"儿子回到家来的时候状态很差。精神不振，也不听别人说话，躲避着人际交往。可以说是陷入了'茧居'的状态，一想到儿子怎么会变成这般状况，我就心痛不已。"

当时，无论幸子对儿子说什么，他都闭口不答，只是低着头吃饭。看着儿子这般落魄的样子，幸子作为母亲似乎能感同身受，她对自己说着，儿子在职场上一定是遭遇了巨大的挫折。随后，过了近一年时间，儿子的状态似乎有所好转，渐渐愿意与人交流了，也在幸子的劝说下，开始干起了配送报纸的工作。现在他也在继续干着这份工作，每天负责配送晨报和晚报，月收入为10万日元左右。即便如此，幸子觉得儿子要租住公寓、独立生活还是存在一定的困难。

"依靠现在的收入，就算是能生活，也没法独自生活。要付房租、生活费，月收入没个十七八万日元的话扛不下来。现在我的丈夫还在工作，我身体也还健康，生活上没有什么困难。如果我们俩都不在了的话，儿子该怎么办呢。所以我还是想让儿子就业。不管是什么工作，只要好好工作的话……虽然我也希望儿子能找到正式工作……但是，一想到未来的路，我还是深感担忧。对儿子最放心不下。"

幸子对儿子的未来感到担心，但是却也无能为力，只是一个劲地诉说着自己内心的焦虑和无奈。

与此同时，与夫妇俩同住的女儿今年也三十六岁了，幸子也不得不操心女儿的事。据悉，女儿从未离开过家，始终从事着非正式工作。

"女儿在超市打零工。现在的话还能凑合着过下去，但并不是长久之计。女儿并不是头脑聪明的孩子啊。还是应该找一份长期的工作。"

幸子向我们诉说自己深深的忧虑，但她表示，自己从未当面与子女谈论过将来的打算。她自己也不知道究竟该如何是好。

"孩子们与我不太交流。即便我有时候会问'以后有什么打算呢'，他们也只是默不作声。我还曾经说过'现在爸爸还能工作，但以后该怎么办呢'这样的话，但后来我也不再过问了。孩子们会问我'那该怎么办呢'，我也不知该如何回答。"

无法停止工作的高龄父母们

父亲善治先生今年已经六十八岁了，和子女同住的他为补贴家用，仍坚持工作着。他干着全日工作，月收入26万日元左右。如果没有这份收入的话，一家人的生活可能就要陷入困境。善治年轻的时候从事的是供电线电力方面的技术工作。在年满六十岁之后，他并未选择退休，而是以特聘员工①的身份继续工作，此后他便在公司的工厂从事供电线的管理工作。退休前，善治经常要出差，奔赴各个作业现场，现在能够每天从家里出发工作，他感到身体要轻松不少。不过，退休后他成了合同工，在六十五岁之前，他每年都要与公司签订合同才能继续工作。过了六十五岁之后，他向公司提出还想继续工作，公司认可他认真的工作态度，表示"作为特聘员工，只要你愿意工作，我们随

---

① 非正式员工的雇佣形式之一，多用于退休人员返聘，根据劳动合同建立雇佣关系。

时欢迎"。

善治平时非常少言寡语。为采访上门拜访时，我们与他第一次见面，仅仅只是互致问候，随后便是幸子与我们交谈，他始终一言不发地看着电视。

看着一旁的善治，幸子代替不善言辞的丈夫向我们诉说种种往事。

"丈夫过去是渔夫。他在八云（北海道渔师镇）做渔夫，但是光靠打鱼难以维持生计，于是他就到札幌来找工作了。丈夫出生的地方紧邻大海，家里有一片私人海滩。但是最终，老家全部拆除了。"

来到札幌之后，由于善治此前除了打鱼之外没有任何工作经验，于是他登上铁塔，干起了架设供电线的工作。

"下了渔船之后，曾是渔夫的丈夫干起了攀爬铁塔的活，真的很不容易啊。到札幌来的时候他才二十岁左右。"

在放弃打鱼、搬到札幌后，善治开始干起了供电线施工的工作，当时正处高度经济增长期[①]，他奔赴全国各处的铁塔，架构供电线，努力地工作着。善治虽身形瘦小，但他毕竟曾是"徜徉于大海的男人"，对自己的体力很有自信，至今未得过大病，他对此深感自豪。

但是，在善治年轻的时候，他曾有一次从铁塔上摔落下来，因此受了严重的伤。说到这件事的时候，善治终于加入了我们的对话。

"只有那一次，我受了重伤。命悬一线。"

---

① 1954 年至 1973 年间，日本经济发展迅猛的时期。

见善治开了口，幸子高兴地随声附和道：

"是我们结婚的那一年吧。"

"那是我去地方出差的时候，当时骨折情况复杂。我自己都感觉到骨头折断了。"

伤愈后，善治再度登上铁塔，继续工作。

"受伤之后，我在工作中便多加小心，避免这样的伤害事故再度出现，此后便一直努力工作，没有出什么意外。"

六十岁过后，善治便不再登塔施工了。他目前在供电线设备工厂工作。我们提出想要拍摄善治工作的场景，他爽快地同意了。

约定拍摄的那天早晨，我们拜访了挂川家。也许是由于年轻时经常出差，善治没有吃早饭的习惯，只见他从冰箱里拿出一罐可乐一饮而尽。一早开始善治就不多言辞，他默默地接过幸子递来的便当，随即出发前往工厂。

善治工作的工厂位于札幌市郊外，坐落丁工业地带的一隅。工厂内，除了善治以外，仅有一名职员。此处并非制造工厂，因而未见大型机器设备，只是紧凑排布着各种各样的金属制品，这些都将用于供电线的架设。善治每天负责对这些零件进行整修。

善治换上工作服开始工作，双手立刻被油渍染黑。只见他来到一个似乎是用来卷供电线的车轮状的部件旁，亲手用刮刀仔细地削去附着在其表面的污垢。

"嚓、嚓……"安静的工厂内回响着削金属制品的声音。善治一言不发，默默地工作着。他真挚的目光所体现的，正是为了养家糊口而坚持工作的姿态。

我们趁着善治稍事停顿的空当，小心翼翼地与他交谈：

"您打算工作到什么时候呢？"

"我现在还行动自如。我的目标是工作到七十岁。也许还能继续吧。如果一直待在家里的话，或许身体反而会不好吧……现在这样继续工作可能更加幸福。毕竟当过渔夫，我身体硬朗，意志也很坚定。"

善治不断重复着，在身体条件允许的情况下，会一直继续工作下去。

"您自己也想要尽可能一直工作下去吗？"

"没错。还是为了生活啊。过去（收入）微薄，只够维生，也没有交很多养老金。在我们工作的时代，光是维持温饱已经不容易了。穷人永远都是穷人。我是这么认为的。"

善治的话语中，透露着浓浓的愁苦之情。进一步询问后我们发现，善治和幸子一样，也许更甚，他对于未来抱着更为强烈的不安感。

"您作为父亲，对两个孩子的将来感到担心吗？"

"很担心啊。但是，就算硬要说些什么也无济于事，所以我选择闭口不提。因为未来只能靠孩子们自身努力了，除此之外别无他法。所以，我不会对孩子们说多余的话，'你要做这个、做那个'之类的……我也不知道未来究竟会怎样。"

善治深知孩子们的处境艰难，因而他没法强迫他们工作。也正因此，他不断告诉自己要好好努力。

"孩子们工作的地方给的工资都不多，毕竟他们都是打零工的，未来也不见得能涨工资。养老金每年都在下调，本来就已经很少了。面对这样的窘境，我只能选择继续工作了。真的，没有办法啊。"

善治感到，仅依靠养老金收入要维持四口之家的生活太过艰难。其实倒不如说，他深知要让孩子们独立这件事的艰难。

"如果孩子们离开家，家里只有我们夫妇俩的话，维持生活应该没有问题。但是，像现在这样的话是不行的。真的不行。"

"如果未来哪一天，一家四口只能靠着养老金生活的话……"

"啊，没办法啊。就算是夫妇两人的养老金都很艰难啊。因为即便从公司辞职，也必须缴纳税金和保险金吧，那就得从微薄的养老金里扣除市民税、保险金等各种费用。真的很难啊。"

善治的侧脸刻着深深的褶皱，浮现出了苦涩的表情。

"现在的时代似乎是在欺凌老年人啊。"

他似乎是在自言自语一般地小声嘟囔着，叹了一口气，最后说道：

"悲哀……就算悲哀，也必须得生活下去。至少得活下去……"

善治也明白，自己不可能永远扶持孩子们的生活。在选择与孩子们同住的时候，他也深知"两代人两败俱伤"的风险。

"就算悲哀，也只能活下去。"

仿佛是在参加一场看不到终点的比赛，参赛的跑者用尽全力、拼命坚持地跑着——这便是善治悲壮的决心。

我们带着沉重的心情回到了住宅区，只见幸子正在阳台上，一副陷入沉思的样子。

幸子也在眼下这无解的状况中奋力挣扎。

"我也曾去找过工作，但我已经六十五岁了，没法找到工作了。该说是意料之中吧。一听我说'我今年六十五岁'，对方便会回答'哦，这样啊'，给我吃了闭门羹。甚至连面试的机会都没有。"

幸子想靠自己的力量工作，尽可能存些钱。

"虽然微薄的积蓄并不能够维持往后若干年的开销。但这笔钱就算是够用一年也好、两年也好……"

幸子露出了少见的阴郁的表情，她表示，在没有工资收入之后，就只能依靠生活保护了。

"我曾与丈夫交流过，如果没了工资收入的话，该怎么生活下去呢。我们和子女同住，能否领取生活保护呢，这是最大的不安。如果是老夫妻俩的话，养老金不足的部分能靠生活保护来补助。但是我们家的情况到底该怎么办呢……"

作为父母，都想要好好守护孩子，但是，并不能永远守护下去。孩子们正面对严峻的现实，即便一家人共同生活也看不到未来的出路。

对于善治和幸子夫妇而言，现在面临的晚年生活是过去始料未及的。

切断了与社会间的"纽带"生活着的儿子

母亲幸子最担心的便是今年三十八岁的儿子,他每天早晚从事配送报纸的工作,除了外出工作的时间以外,理应有很多时间是在家中度过的,但是家人几乎见不到他的身影。除了吃饭的时间,他从不迈出自己的房门。房间内有电脑,他会使用网络与朋友交流,但除此之外,他几乎不与人直接交往。我们通过幸子向他传达了想要与之交流的想法,但他只是一个劲地表示"不想见面,不想说话",我们始终没有与他正面交流的机会。

但幸子表示,儿子虽然不愿与他人交往,内心却一直牵挂着母亲。她稍显愉悦地告诉我们,儿子对采访感到抗拒,可他昨天很难得地与自己对话了。

"你怎么考虑妈妈现在还有将来的生活?"

幸子对儿子说出这句话,她本想告诉儿子,自己不可能永远照顾他。未想,儿子的回答令她颇感意外。

"我会照顾妈妈的。"

"照顾,你怎么照顾我?"

幸子没多想就脱口而出,闻言儿子低下了头。

"你觉得怎么做才能照顾妈妈呢?照现在的状态应该不行吧。"

幸子反复追问后,儿子明确地表示:

"我正在考虑。"

听到儿子说出自己正在考虑将来的事，幸子差点要问"你是怎么考虑的"，但一想到儿子好不容易开始考虑将来，还是不要给他泼冷水了，幸子把到嘴边的话又咽了回去。

最终，我们也没能在采访过程中与幸子的儿子直接对话。他在家的时候也待在自己的房间中，即便在出入时与我们打了照面，也只是默默无语地回到房间里。对于儿子的这般表现，幸子只是一个劲地叹气。

"如果我们夫妇俩不在了的话……"

无精打采地伫立在阳台上的幸子，袒露了为人父母的真实内心——比起自己的晚年生活，更担心的是孩子们的未来。

"即便想要工作，也没法找到工作"

幸子的女儿真由美和妈妈的关系如同姐妹一般亲密，对于我们提出的采访请求，她爽快地同意了。某一天，真由美表示"自己中午的时候会从打工的地方回家"，为好好和她进行交流，在这个工作日的正午时分，我们来到挂川家居住的小区。我们到的时候真由美还没回家，幸子迎接了我们。为了让肚子空空的女儿到家就能吃上午饭，幸子正准备做炒面，用了卷心菜、猪肉、豆芽等各种食材。仿佛瞅准了开饭的时机一般，真由美踏进了家门。

母女俩面对面坐在桌边，开始吃起了午餐。家中养的猫"卡鲁"今年已经十岁了，它也待在一边吃些主人给的剩菜。

"您在超市做什么样的工作呢？"

真由美吃完饭的时候，我们问道，于是她把猫抱入怀中，打开了话匣子。

"我并不是从事与客人打交道的工作，而是在后台的仓库负责摆货，或是对售罄的商品进行补货。过去我干过收银，但是我并不适合那份工作，身体也出现了异常。我觉得现在的工作比过去的要好。"

女儿真由美性格有些胆怯、消极。过去在幸子工作的酒店，真由美曾和母亲一同工作，但随着酒店歇业，母女俩一同失去了工作。真由美试着寻找下一份工作，但没法找到正式工作，于是便开始在超市打起工来。正如真由美自己所说的，最开始她负责为客人结账、收银，但与人打交道这件事给她带来了巨大的压力，于是超市为她更换了岗位，此后她便开始负责商品管理，目前仅在上午工作。真由美每天打4小时的零工，月收入为9万日元，难以独立生活。我们向真由美询问，她是如何考虑父母的晚年生活的。

"您的父亲今年已经六十八岁了。他曾表示自己想要工作到七十岁，以后他不能工作的时候该怎么办呢？"

"我感到不安。未来的生活肯定会比现在更糟吧……"

"您一直是和父母一起生活的，但是您将来有独立生活的打算吗？"

"按照现在的状况来看，我没办法独立生活。靠现在的工资连一个人生活都做不到。比起一个人生活、支付房租，我还是更想和家人住在一起，至少这样一来，与其他生活方式相比，住在家里能够节省更多的钱。"

真由美每月会从自己的工资9万日元里拿出3万日元来补贴家用。比起独自生活、支付房租，与家人同住能省下更多的生活费——在真由美的这番话语中，我们觉察出了她不愿离开父母生活的想法。

"您的父亲没了收入来源后，一家人就只能靠养老金生活了，您不觉得这样的状况非常严峻吗？"

"我考虑到了这种情况，所以我也在慢慢地存钱……但是，我存的钱能派上多大用场呢……不知道啊。"

真由美说完，便陷入了沉默，渐渐不再说话了。

"您的工作虽然是非正式雇佣，但将来，您有没有想过在工作中更多地朝正式员工的方向努力呢？"

"我去了各种地方找工作、接受面试……但是……都没有成功。而且……为了找工作……我也受了……好多的苦。"

真由美在找工作的过程中，始终得不到用人单位的录用，因此彻底丧失了自信。母亲幸子比谁都要心疼女儿，她把女儿所遭受的痛苦全都看在了眼里，也正因此，她没法轻轻松松地向女儿提出"去找个正式工作吧"这样的要求。

"女儿喜欢猫之类的动物，她过去上的是宠物商业专科学校。但是从学校毕业后没能顺利就业，于是就到我工作的酒店来打工了。在那之后，好不容易才找到了现在这份超市的工作。虽然她也想要找正式工作，但真的找不到啊。现在的招聘广告充满着招临时工、打工者的字样，都看不到'招聘公司员工'这样的字眼。"

下午的时候，幸子与真由美一同外出购物。在午后的阳光下，母女俩走在贯穿小区的大路上，这样的景象显得格外温馨。目送着她们的背影，我们的内心浮现了这般愿望，希望这条道路能一直如此平坦，母女俩能一直这么携手走下去。

曾经是中产家庭，然而……

某天，幸子从橱柜深处拿出一张老照片给我们看。这张一家四口的照片摄于26年前。当时的幸子与善治四十岁上下，两个孩子还是小学生，照片上的他们满面笑容。幸子怀念地看着照片，讲述起了当时的回忆。

"当时丈夫刚结束了长期出差，从外地回来，新年过后，我们就一起去旅行了。照片拍摄当时，我们正住在苫小牧的姐姐家。"

照片上，一家人正聚在一间有着大沙发的客厅里，当时饲养的猫也一同上了镜。

"过去冬天的时候，我们总是去滑雪旅行，泡温泉去。只有孩子他爸不去滑雪待在房间里。我会和儿女俩一起去滑雪。几乎每年的新年都是这样。孩子他爸平时一直在出差，不太回家，孩子们没什么机会和爸爸在一起，因此他们非常喜欢这样的家庭旅行。"

"幸子女士过去也一直在工作吗？"

"是的，我一直在工作呢。只有在生孩子的时候短暂地休息过。后来我们家也一直是双职工家庭。"

幸子过去曾在干洗店等打过零工，主要负责接待客人，她一边打工赚钱、补贴家用，一边抚养孩子长大。而父亲善治一直在出差，除了盂兰盆节和新年之外都不在家，即便如此，儿子还是很崇拜父亲，曾说"以后想要像爸爸一样，做一个电工"。

　　"儿子很喜欢装配机器，从小就喜欢组装无线电。总是会嚷嚷着'爸爸、爸爸，教教我吧！'父子俩的关系真的很好。但是，现在就另当别论了……"

　　"真的是从小就这样。像电车之类的机械类的名称，只要说一遍，他就都能记住。"

　　后来，儿子也一直朝着从事电力工作的目标努力，高中毕业后如愿进入了电力方面的公司，成为了一名正式员工。然而，等待着他的却是职场欺凌。

　　"虽然儿子在毕业后进入了电力方面的公司工作。但是遇到了欺凌事件，不堪重负之后最终辞去了工作。那是在入职后两年左右吧。"

　　此后，见儿子始终闷闷不乐，幸子为了鼓励他，一直主动与儿子聊天，然而儿子的态度却逐渐变得不耐烦起来，甚至不愿听母亲说话。

　　"我真的没办法了啊。在儿子辞职从东京回来的时候，我问过他要不要去爸爸的公司上班，儿子却表示'不要，我不想做电工了'。虽然我很希望儿子能有一份工作，但还是得看他本人的意愿啊。虽说只要什么事都愿意尝试，就能找到工作，但那也需要勇气不是吗。"

　　儿子一个劲地对幸子说着"我正在考虑"、过一阵子

"只要有意愿就能开始工作"。他连自己的生活都不能保障，却还说着"以后要孝顺父母"。对于这样的儿子，幸子担心不已。

"儿子很温顺，的确很温顺。但是也有些顽固……现在这样的情况到底要持续到什么时候呢？"

孩子没法按照父母的意愿成长。幸子遂又谈起女儿的人生，也并没有按照自己预期的轨迹发展。

"过去我总想着女儿结了婚后，哪天我们就能抱上外孙了。但是，女儿的性格不擅交际，询问她结婚的事，她总是说'不要，我没有结婚的想法'。我也问过她要不要去相亲，她也说不愿意……所以我也不再过问了。"

此前，幸子在一家干洗店打零工，在2014年11月离职后，她每月的收入来源仅为5万日元的养老金。如果丈夫善治也没了工作收入的话，夫妇俩的生活将会面临困境。并且，夫妇俩还与三十多岁的子女共同生活，一家四口的生活极易陷入"两代人两败俱伤""老后破产"的境地。

"我之前一直想着自己晚年不要成为孩子们的负担，但没想到子女二人都没有结婚，始终住在家里，一直维持着这样一家四口的生活……"

最后，幸子再次说了一句自己的口头禅：

"孩子没法按照父母的意愿成长啊……"

"老后破产"的危机

在节目进入编辑流程后，我们有一小段时间未与挂川家联系，过了一个月后再次致电约定了拜访时间。"还是老样子，没有任何变化呢。"听到幸子一如既往的开朗的声音，我们放下心来。

7月的某一天，我们按约定来到了挂川家。虽说是休息日，子女们却都不在家，幸子与善治迎接了我们。不过，善治只是躺在沙发上看着电视，幸子则与我们聊了不少事。

"说起来，此前孩子他爸在公司接受了体检，似乎心电图显示出现了问题。但是他本人却表示'身体没有异样'，不知道是怎么回事呢。"

"是吗？善治先生身体不要紧吧？"

"……"

善治头也不回，似乎并不想聊这个话题。

"应该没有问题，因为他本人似乎没有察觉异常。但总之还是要去医院接受详细检查。也许是哪里弄错了吧。"

后来，善治前往医院接受了检查，结果发现他正处于濒临心肌梗死的危险状态。心脏附近的数根血管中都出现了血液凝固、堵塞的状况，置之不顾的话很可能会心梗发作，危及生命。医生表示，由于本人察觉不到任何症状，如果延迟检查，很可能就会病发，后果不堪设想。通过检查及时发现病症，善治服用了促进血液流通的药物，病情立刻得到了改善。

为此次检查和治疗，善治住院数日，给所谓"父亲无法工作"的将来带来了几分现实意味。往日理所当然的日常生活，现在似乎也濒临崩溃。

走向"两败俱伤"的倒计时

婆婆在世时，幸子曾看护过她，因此幸子深知，看护所需要的费用会成为家庭沉重的经济负担。

"婆婆那时候看病支出不菲，看护机构也很昂贵，花去了很多钱。"

如果善治无法工作的话，如果真的那样的话，可能连医院都去不起了，幸子这般说道。

"把钱花在医疗费用上的话，就没钱吃饭了，真的。这样的话，就不能去医院了啊。真的不会再去医院了。只能买非处方药吃了。"

正因为幸子深知医疗及看护开销巨大，她才不想让子女背负这样沉重的负担。对于未来，她看不到希望，已是走投无路了。

突然，幸子讲述起了自己的一个梦境。

"我有一次做了一个梦，梦里的我身无分文。把钱包拿出来一看，里面空空的……"

囊空如洗，这究竟是梦，还是不久的将来就要面对的现实？这般说着的幸子神情严峻。

"要坚持到死为止，真的很难啊。怎么度过余生的每一天都是个问题。因为，到生命终结的那一天为止，都必须生活啊。真的没有任何希望啊。"

正因为是家人，两代人互相扶持，共同生活。然而，或许正是维持同住生活这件事本身，将家庭逼入了绝境。幸子这般想着。

对于一家人来说，最好的选择是什么呢，必须作出最后决断的日子在步步逼近，幸子的内心产生了巨大的动摇。

"孩子们在家住的话，什么都不需要操心。但是，被逼入绝境的话，最终还是无法继续生活下去。'我们已经没法再照顾你们了。你们自己独立生活吧。'这一天终将到来。眼下，我只是在自欺欺人罢了……"

幸子逐渐认识到，自己必须正视未来。

"只能引导孩子们开始新生活了。一直住在家里的话也不是个办法。必须让他们拿出觉悟。'爸爸妈妈都没法再继续照顾你们了。自己的生活要靠自己维持。'只能这般告诫他们了。"

不过，幸子又表示："话虽这么说，但到底该怎么办，我也说不上来。"说罢，她一时语塞。

"'以后该怎么办呢，该怎么办呢？'不管我怎么考虑，都找不到答案。越是认清现实越是'不知该如何是好'，陷入迷茫。如果是我们夫妻俩生活的话，总能想办法维持下去，但是一家四口的话，该怎么办呢……一家人互相扶持、共同生活，究竟是利大于弊，还是弊大于利呢？连这个问题我都回答不上来。我也在想有什么好办法能解决现在的困境……但是我真的想不出来啊。"

非正式员工占总体雇佣员工的近四成，人数达到了2 000万。今后，依靠养老金生活的父母与从事非正式工作的子女所组成的家庭将会日益增加。

如果，某一天，失业了的子女突然回到父母身边……

如果，为看护父母，同住的子女一边从事非正式工作一边承担看护任务……

从家庭结构上来说，面临"两代人两败俱伤"风险的家庭数量正在渐渐增加。在高度经济增长时期，曾经是最寻常不过的家庭，如今却面临老后破产的局面。曾是中产阶级的家庭如今却不得不直面晚年生活中的种种风险，面对这一现实，我们也许需要探索新的援助措施和架构。

【讲解专栏】"为何如今的人们会面临'两代人两败俱伤'的局面？"专家给出的解答

仅仅依靠养老金无力维持生活，老年人只得削减医疗及看护费用勉强度日。我们将这一情况称作"老后破产"，并特别针对独居老人进行了采访，了解其真实的生活情况。然而，通过此次采访，我们所了解的新的现实情况是，面临"老后破产"这一局面的不仅仅是独居老人。即使有家人在身边，也无法避免"老后破产"的局面，无力摆脱这一风险，这就是眼下的严峻现实。并且，在札幌安田父子的事例中，因两代人同住而导致无法继续接受生活保护，从这一现实情况不难看出，即使有家人在身边，或者说正是因为有家人在身边，反倒使当事人置身于更加严峻的局面。着实令人心痛不已。

这是经由导演们的采访，逐渐明朗的新型"老后破产"。那么，这一事态究竟是极其罕见的特殊案例，还是正在逐渐普遍的重大问题呢？如果这一现象正在愈发普遍，那么本节目就更有报道的义务。若这一现象是必须报道的重大问题的话，那么其背后存在着哪些影响因素？造成这一现象的主要原因又是什么？是否有解决问题的突破口？我们想要解答的问题逐一浮现在脑海中。

一位导演找到了一篇值得探究的论文。论文名为《与父母同住的未婚者的近况》，作者是总务省统计研修所的研究员。内容梗概如下：

> • 与父母同住的壮年未婚者（35岁—44岁）人数近来持续增长，2012年达到305万人，在所有35岁—44岁的人群中占比16.1%。1980年，这一人群的数量为39万人，约为目前的八分之一。
>
> • 2012年，与父母同住的壮年未婚者的完全失业率为10.4%，与同龄人整体的完全失业率4.2%相比，数值约为其两倍。

由上述数据可知，与父母同住的中年子女的数量正在增加，且不少人处于失业状态，这一事态正不断发展。同时也证实了，我们目前所采访的"虽与家人同住，仍陷入'老后破产'的事件"并非特殊个案。

我们前去拜访了撰写这篇论文的作者西文彦。统计研修所位于东京郊外，在被绿色植物所包围的国分寺市内。西先生表情沉稳地接受了我们的采访。我们询问了有关统计数据所体现的与父母同住的未婚者的现状，给我们留下最深刻印象的是西先生的下述话语。

"虽说与父母同住的壮年未婚者人数正在增加，但是当父母发生不测，也就是生病或需要看护时，会否面临'两代人两败俱伤'的局面，目前还无法预知。今后的五年或者十年，上述事态可能会大量发生。"

专家指出，"两代人两败俱伤"的情况可能会大量发生，这一事实令人震惊。得知这一势态后，我们更加努力地进行现场采访。此外，我们还将西先生所使用的"两代人两败俱伤"这一词语作为了节目的标题。

即便如此，"只要和子女同住，就能安度晚年"——过去，这是日本人的常规思维模式。靠着子女的收入生活，自己的养老金就给孙辈作零花钱。子孙绕膝、安度晚年，这样的场景是否只存在于幻想中了呢？

现实是，即便有家人在身边（或者说正因为有家人在身边），也无法避免"老后破产"的局面。那么，为何这样的事态会逐渐扩大呢？其发生的背景中有何要因呢？要改善这一事态的话需要怎样的对策呢？为解决上述疑惑，我们拜访了两位专家。

首先我们拜访了大藏省前财务官榊原英资。他在职期间人称"日元先生"，可谓是国际金融的专家。现担任青山学院大学教授。

"为什么即便有家人在身边仍然会面临'老后破产'的局面呢？"这个问题是我们最想得到解答的，对此，榊原指出，正式员工与非正式员工的收入存在差异。

"近二十年以来，日本的平均工资持续下降。最大的原因就是非正式雇佣的增长，而非正式员工的工资较少。"

此处补充一下相关数据。根据厚生劳动省的国民生活基础调查显示，日本每户家庭的平均收入在1996年达到最高点，为664万日元，随后便持续减少，2013年约为529万日元，与最高点相比，家庭年收入减少了约140万日元。高度经济增长时代多劳多得的现象已不复存在。这一收入持续减少的重要原因便是非正式雇佣的增加。非正式雇佣的人数每年都在增长，现在已占所有雇佣人数的近四成。正式员工的工资随着年龄的增长会相应提升，到了中老年，大多数人的收入都相对稳定。然而对于非正式员工而言，很多人随着年龄的增长，收入却并无增加。

此图表（图5），以厚生劳动省"薪金构成基本统计调查"（2014年）为基础绘制。正式公司员工、正式职员与非正式雇员的薪金曲线按不同年龄段显示。比如，以19岁为时点比较两者差异，正式员工的时薪为1 006日元，非正式员工的时薪为945日元。在这一时点，两者的差距并不显著。但是随着年龄的增长，正式员工的时薪顺利增长，而非正式员工的时薪却未有明显变化，两者的差距逐步扩大。比如，在50岁—54岁的时间点对两者进行比较的话，正式员工的时薪为2 446日元，而非正式员工的时薪为1 209日元，差距达到了一倍以上。

那么，上述非正式雇佣前路何在呢？非正式员工若能在年轻的时候成为正式员工的话还好，但是当父母年迈、

（日元）

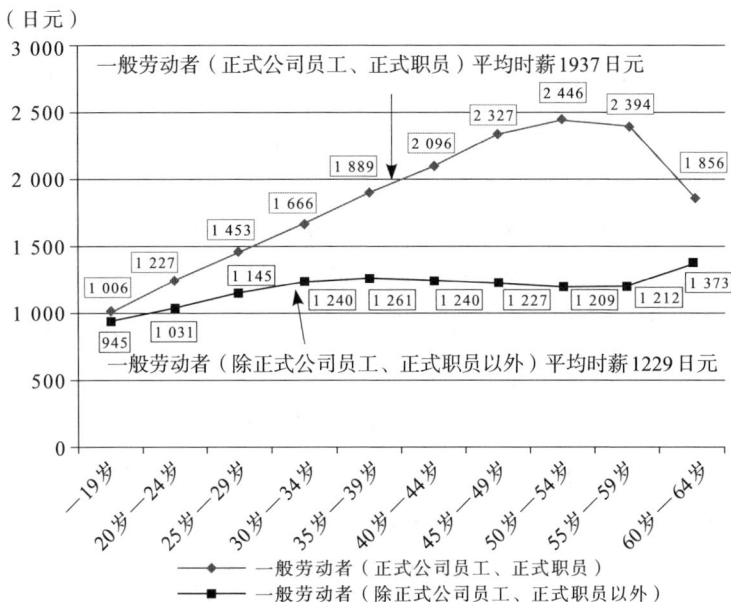

一般劳动者（正式公司员工、正式职员）平均时薪1937日元

2 446
2 394
2 327
2 096
1 889
1 856
1 666
1 453
1 227
1 006
945
1 031
1 145
1 240
1 261
1 240
1 227
1 209
1 212
1 373

一般劳动者（除正式公司员工、正式职员以外）平均时薪1229日元

—19岁　20岁—24岁　25岁—29岁　30岁—34岁　35岁—39岁　40岁—44岁　45岁—49岁　50岁—54岁　55岁—59岁　60岁—64岁

—◆— 一般劳动者（正式公司员工、正式职员）
—■— 一般劳动者（除正式公司员工、正式职员以外）

图5　薪金曲线（以时薪为基准）

（资料出处）厚生劳动省"薪金构造基本统计调查"（2014年）雇佣形态
附表：第1表
（注）1）薪金为2014年6月份规定给予额。
　　　2）一般劳动者的平均薪金为规定给予额与规定实际劳动时间相除所
　　　　　得的数值。
　　　3）一般劳动者：普通劳动者之中，除去"短时间劳动者"以外的人群。
　　　4）短时间劳动者：每日规定劳动时间短于同一单位的一般劳动者，且
　　　　　即便每日规定劳动时间相同，每周的规定工作日少于一般劳动者。
　　　5）正式公司员工、正式职员：在单位从事正式公司员工、正式职员
　　　　　工作的人群。
　　　6）除正式公司员工、正式职员以外：在单位从事除正式公司员工、
　　　　　正式职员以外工作的人群。

需要看护，自己又即将步入中老年之时，与正式员工相比，
非正式员工更容易陷入不稳定的状态。

　　若非正式雇佣的人数下降的话，这一情况能否得到改
善呢？对此，榊原却给出了否定的回答。

"非正式雇佣增加的直接原因就是全球化。也就是说，我国必须与中国、印度等国家进行竞争。有些工作能够在中国、印度等人力成本较低的国家完成，那么我国从事这些工作的人群的工资就只能一压再压。但是，从事上述国家无法完成的工作，拥有技术的人群的工资则相对增长了。也就是说，中产阶级正在二级分化。全球化是世界发展的趋势，因而要改变非正式雇佣增长这一现象相当困难。"

榊原表示，过去"一亿总中产"的时代已经终结。

那么，针对目前的状况应该采取何种对策呢？我们再次询问了榊原。对此，他提出以下建议。

"目前的现象体现的是年轻一代的贫困化。要解决这一问题，国家必须介入。日本的社会保障制度以老年人为中心，这一保障范围需要进一步扩大。为了实现这一举措，必须提高税收。"

同时榊原强调，现在有必要指出，政治上将面临重大的抉择。

"目前中产阶级正面临分崩离析的局面，这一问题被人们置之不顾。究竟是交由市场调控，还是由国家介入提高税收，来完善针对年轻人及中老年人群的社会福利？政治、行政方面将面临重大的抉择。现在也有必要向国民准确传达这一现状。"

榊原指出，对于解决问题不能一味拖延，政府需要判断社会应有的合理状态为何，明确总体框架。他的一席话给予了我们丰富的启示。

我们拜访的另一位专家是放送大学家庭社会学教授宫本美智子。在此前的《穷忙族》等众多节目中，宫本曾多次给予我们宝贵建议。

围绕一些中年人依靠父母的养老金，与父母共同生活的现象，我们首先就札幌挂川家的案例询问了宫本的意见。

"我认为这一案例体现了近二十年来日本经济低迷的状态。处于就业冰河期①的人们，刚踏入社会的时候就面临种种艰辛，虽不是全部，但我感觉当时的那些年轻人就这样跌跌撞撞地步入了中年。"

针对挂川家的事例，宫本作出如下阐述。

"看了这个案例，我感觉这一状态若再持续十年的话，会彻底造成'两代人两败俱伤'的局面。如果置之不顾的话，最终父母老后的生计都难以维持，只得由行政方面负担父母的老后生活。问题是，行政方面其实是知晓这一事实的，只是放任不管罢了。"

我们还有一事想要询问宫本的意见，那便是日本的家庭构成。由大家庭到核心家庭，随后又向单身化演变，战后日本人的家庭构成经历了巨大的变化，现在又出现了两代人同住的情况。今后家庭构成的趋势是否还会变化呢？

"过去，在社会安定富裕的环境下，出现了核心家庭化，子女离开家庭独立生活，高龄的父母能够依靠养老金生活。但是现在出现了新的情况，年迈的父母与中年子女共同生活。专家将这一现象称作'家庭多样化时代'，人们

---

① 日本社会对就业困难时期的通称，指就业市场如冰河期般寒冷。主要指泡沫经济破灭后就业困难的时期（定义上是1993年至2005年）。

能够自由选择家庭的组成方式，但是问题是，有些人并没有选择的余地，在不得已的情况下，年迈的父母开始了与失业的子女同住的生活，这一层面不容忽视。也就是说，日本的家庭多样化存在着巨大的差别。生活无忧的人可以自由选择，但也有人为了生存而不得不做出某种选择。"

针对家庭形态的变化，宫本这般解释道。

那么，对于"两代人两败俱伤"的现状，究竟该如何应对呢？宫本对此强烈抨击了目前的制度，她表示，正是现下的制度导致两代人同住成为了正常生活的绊脚石。

"我认为这是生活保护制度的缺陷。子女们越是工作越会导致生活保护费的削减，这样一来还不如不工作更好。这样的制度需要重新修订。父母面临经济困境的时候，应当能够享有生活保护，还应鼓励他们与子女同住。当子女们为了看护父母而回到家，并因此失去工作的时候，政府也不能对此坐视不管，应为他们提供必要的居住及就业援助。在上述方面花费的金钱，从长远来看，有利于维持社会形态的健全。"

榊原和宫本分别强调了作为问题背景的全球化，以及家庭与社会的架构方式。两位专家从不同的专业领域采取了各自的论证方式，自然而然也有不同的侧重。但是他们都表示，不能对这一问题放任不顾。对此我也有个人的想法。

十年前，2006年的时候，我们制作了名为《穷忙族》的节目。穷忙族指的是，即使认真工作，还是只能生活在生活保护水准以下的人群。节目在当时引起了巨大的反响。该问题的背后，果不其然也存在非正式雇佣这一因素。当时，非正式雇佣占整体雇佣的三成。十年后的现在，从事非正式工作的人数进一步增加，达到了整体的约四成。也就是说，当时的这一问题直到现在也没有得到解决。在2016年12月播出的《穷忙族Ⅱ——努力就能够跳出泥沼吗》节目中，我在节目最后做了如下总结。不多做赘述，在此仅截取部分介绍一下：

"这一次我也去了现场。在那里给我最深刻的感受是，穷忙并不是一部分人的问题，由于生病、看护父母、衰老等原因，穷忙是每个人都可能遇到的问题。在节目中介绍的人们，大家都为了孩子、父母、妻子，为了家人而努力工作。他们不把自身的境遇怪罪到任何人身上。即便如此，他们也无法从穷忙的泥沼中逃离。他们还能依靠更多的自身努力来改变生活吗？穷忙这一问题若被放置不顾的话，实在是情理不容。……不能拖延解决问题的时间。这样下去的话，这个社会会让年轻人失去对未来的梦想和希望。我们究竟是想照着竞争社会的路径继续前进，还是朝着别的方向迈进？穷忙的问题，正在鞭策我们每个人作出抉择。"

把上述文字中的"穷忙"改换成"老后破产"或"两代人两败俱伤"的话一样言之成理。也就是说，这些社会问题所发生的背景完全相同。照这样看来，这些问题可能永远被这样置之不顾。虽然心有遗憾，但严峻的现实确实摆在我们眼前。无论如何，我们仍然会基于事实，继续对这些问题进行报道——带着媒体人的几许自尊。

第三章
"看护离职"——没能呼救的悲剧

"为何母子俩会一同身亡……"

2015年1月14日，岩手县地方报纸《胆江日日新闻》上刊登的一则报道吸引了我们的目光。报道称，在一个寒冷的冬日，九十多岁的母亲及六十多岁的儿子的遗体同时被发现，儿子生前曾看护着母亲。

　　单身看护　接连而至的死亡
　　照顾着母亲的儿子在自家病故　年迈的母亲
也随后死亡

看到这则报道的标题后，取材组同事们都感到大为震惊："'两代人两败俱伤'的最终结果，有可能会是死亡。"我们随即带着这则报道的复印件，赶往案发现场。究竟为何这对母子会一同身亡呢？

由于父母的养老金不足以支付看护费用，子女辞去工作照顾父母直至生命最后一刻，两代人依靠养老金共同生活，这样的事例并不少见。

根据国家的统计数据显示，因看护父母而辞职（换工作）的人数每年达到了10万人。每年，约有10万人离职，此后看护父母几年或几十年，不难看出，因看护离职而陷入窘境的人数可能达到了几十万人。

与"独居家庭""仅有老年人生活的家庭"不同，"两代人两败俱伤"的问题一直以来都被置之不问，这一事件提醒我们，该问题可能攸关性命。

谁都没有发现，悄然而逝的母子俩

岩手县，奥州市水泽区。山间的小巧农家村落，散布着种植稻米的住家，全然一派悠然的田园风光。在宁静的村落中，母子俩同时去世的消息给当地带来了巨大的冲击。这是在恬静的农村突然发生的一起悲剧。

去世的佐藤满享年九十一岁。儿子武生前与母亲共同生活，并看护着她。母子俩去世后，警察及自治体调查发现，首先死亡的是儿子武。当时六十四岁的武患有重症肝炎。突然病发倒下的武不久便身亡了，家中只剩下因病几乎卧床不起的母亲满。武承担了母亲的看护工作，包括吃饭、上厕所等所有事宜，武去世后，满的内心该是多么不安无助。深夜或是清晨的时候，在气温达到冰点以下的房间内，满不停呼唤着武的名字，找寻着儿子的身影。遗体被发现时，本该无法行走的满，离开了床铺，身处通往起居室的走廊上。为了来到武的身边，满挣扎着前行，最后，在距离武的遗体仅两米的地方停止了呼吸——武就是在与走廊仅一扇拉门之隔的起居室内身亡的。

发现母子俩去世后，首先赶到现场的是满的妹夫佐藤稔。为了解当时的具体情况，稔带着我们前往遗体被发现的住宅。从村庄出发，沿着狭窄的山路，不断往深处前行，终于看到了母子俩生前所居住的房子。在凹凸不平的砂石路前方，只居住着满和武这一户人家，几乎无人造访。在武去世后，也没人清扫砂石路了，驾车驶过，一路异常颠簸。据悉，冬天的时候，也是武一个人为这条路扫雪。

走出山路后，能看见一处蓝色的大屋顶。那便是佐藤满、佐藤武母子俩生前的家。下车后，只见房子周围种植着许多蔬菜。温室大棚的框架还清晰可见，母子俩曾经是认认真真地在种植着蔬菜。因为满喜欢吃芋头，武每年都会在田里种很多芋头，吃不完的时候，就会送给熟人。在玄关的泥地上，停着一辆轮椅。这是满生前所使用的轮椅。恍然给人一种错觉，家中似乎会有人出来迎接我们，这里的一切还停留在母子俩去世的"那一天"。

稔用钥匙打开门，领我们走进家中。进入玄关迎面可见的便是起居室，过去武总是在这里悠闲歇息。紧邻着起居室的房间内摆放着一张看护用床，这里曾是满生活的地方。房间内整齐摆放着简易坐便器和纸尿布，由此可见武一丝不苟的性格。

稔向我们描述了发现母子俩遗体时候的情况。

"武是在这间起居室去世的。他当时钻在被炉里，身上盖着被子。可能真的事发突然吧，他仿佛睡着了一般停止了呼吸。"

首先死亡的武的死因是病故。通过遗体解剖发现，武生前由于肝炎恶化，突然病发导致死亡。

"母亲满也许是由于寒冷吧，不住喊着'武、武'。但是没有回音，于是爬到这里（走廊的正中区域），然后就在这里冻死了。"

满的遗体被发现的地方，正是通往武所在的起居室的走廊。满无法独立行走，因而即便察觉到武的异样，也没法前去查看情况。但她还是离开床铺，靠着手臂的力量拖着无法行动的身体，朝着武所在的地方艰难前行。途中体力耗尽，没能最后再看儿子一眼，满在走廊上就停止了呼吸。满的死因为"低体温症"。在零度以下的彻骨寒冷中，满仍旧义无反顾地离开床铺，为确认武的情况，贴着地板拼命前行。据悉，满是在武病故几天后去世的。在这几天里，满是怎样生活的呢？作为两人的亲戚，稔表示，母子俩最后的时光也是一同度过的，这也许也是一种宽慰，他哽咽着说道：

"母子俩生前关系很好，很长时间以来都是两个人一起生活。在武去世几天前，年末的时候，我与武见了面，当时的他看起来一如往常，我们喝完茶便道了别。没想到那竟是我最后一次见他……到生命的最后一刻为止，母子俩都是相伴相依。满和武一直以来都是两个人相依为命，现在的他们应该在天国一起生活着吧。"

在母子俩生前生活的村子里有一处微微高起的小山丘，我们与稔一同前往山丘上的墓地。正值黄昏时分，墓地四周的景色被落日染上了橘黄色。只见墓碑上刻着"满"和"武"母子俩的名字，亲密地排列在一起。母子俩的临终时光可谓悲惨，但愿他们能够在此安息。我们合上双手，静静祈祷。

母子俩的悲剧能够避免吗

武和满曾经生活的家虽然比较宽敞，但仔细一看，拉门、隔扇等都已破败不堪，没有及时修缮，墙壁和柱子上也伤痕累累。可见母子俩生前的日子过得并不宽裕。几乎没人前来拜访，母子俩孤寂地在此生活着。

看护援助专员打来的一通电话，母子俩的遗体得以被发现。因为满没有前往日间看护中心，对此感到担心的护工联系了社会福利协会，那边的职员前往满的家中，遂发现了母子俩的遗体。

为了解母子俩去世前的详细经过，我们拜访了奥州市社会福利协会。令我们疑惑的是，母亲满已经九十一岁高龄，并且卧床不起，理应每天接受上门看护服务才对。为何她没有接受更细致周到的看护服务呢？如果能接受经常性的上门看护服务的话，应该能更早发现异样，说不定满就能得救了。对我们的这般疑惑，社协（社会福利协会，下略）的长谷川伸满脸苦涩地告诉我们：

"满这十几年都在使用日间看护服务，但是随着年龄增长，她的身体也愈发不灵活，我认为她应该接受更多看护服务。根据看护保险制度规定，除了每周一次的日间看护服务以外，还可增加上门看护等服务，但母子俩表示并不想接受额外的服务。"

长谷川告诉我们，负责佐藤家的看护援助专员也提出要为满增加看护服务，母子俩却表示"现在的服务已经足够了"，拒绝了新的提案。

"要使用更多服务的话，需要花更多的钱。拿日间看护服务来说，每次花费虽然只要一千几百日元，但如果将接受服务的天数增加一倍的话，相应的费用也会增加。母子俩都想竭尽所能、互相扶持着生活下去。"

长谷川解释道，考虑到他们的经济状况，在一线工作的员工也就不再劝说他们接受更多看护服务了。虽然我们知道现在的结局已无可挽回，但还是不禁想象着，如果母子俩经济更宽裕些的话，如果能更频繁地接受看护服务的话，是不是就能够得救了呢？通过这次采访，我们再次认识到，晚年有限的经济能力，不仅限制了看护服务的使用，最终还会减少与他人的联系，这种联系也许是能救人于危难的。

如前所述，根据死因调查可知，武生前患有重症肝炎，突然病发导致死亡。如果他真的患有这么严重的肝炎的话，应该自己能察觉到一些症状或是病发征兆，但是武却没有因为身体不适而前往医院。他终日看护着母亲，时间上、经济上都不允许他去医院看病。

母子俩相依为命的生活，究竟是怎样一般景象？我们为此采访了母子俩的熟人。

母子俩关系亲密，令旁人羡慕不已

满与武生前的母子关系究竟如何，为了解这一情况，我们决定走访母子俩的邻居及亲属。首先，我们前往居住在附近的一位亲戚家，此处距离二人的住宅约三十分钟车程。我们的采访对象名叫菊地则夫，他是满的妹妹的儿子，在众多亲属中，他与武的年龄相仿，自幼一同玩耍长大。

菊地与母子俩住得较近，但却没能挽救他们的生命，他始终为此悔恨不已。面对我们的采访，菊地一开始感到难以开口，但最终他表示："现在的时代，很多人都和武一样，因看护父母而苦恼，如果能拯救他们的话……"接着，他叙述起了过去的故事。

新年伊始，菊地突然得知满与武母子俩已经去世的消息，他说当时自己无法接受这一事实。

"新年的时候，社协的职员告知我他们母子俩去世的消息，那时候我完全无法置信。母亲满已经年过九旬，也许还情有可原，但是武才六十五岁，而且看起来很健康，怎么可能就死了呢……"

菊地表示，自己难以忘记满与武健康时候的样子。小时候，在盂兰盆节或新年时，众多亲戚相聚一堂，热闹不已，这种场合一定会见到满与武的身影。在这类聚会之时，武是不可或缺的存在，他擅于活跃气氛、逗乐他人，可谓制造欢笑的天才。不论何时，武都是满脸笑容、乐观开朗的样子，亲戚们都很喜欢他。在宴会上，他还会模仿演歌①歌手，穿着华丽的西服演唱歌曲，有他在的地方总是欢笑不断。菊地这般讲述着关于武的回忆。

"有一次，武模仿千昌夫②演唱了《北国之春》。他自己虽不喝酒，但非常喜欢为他人带去欢笑。他总是想着法儿地逗乐身边的人，真的很温柔善良啊。平常，他会在自家院子里种植白菜、葱等蔬菜，自己吃不完的都会送来给我们。春天的时候，他会在自家后山挖许多竹笋，然后送给周围的邻居。武总是竭尽全力为他人考虑，这是他生前留给我最深刻的印象。"

菊地也表示，这般热心、善良的武，对母亲也有着超过常人的爱。他与武在超市偶遇的时候，武买了许多馒头、点心等食物，他的购物篮中装的都是母亲满爱吃的东西。

在满要前往医院或外出的时候，武都会按时接送，菊地曾数次看见武忙碌的身影。尽管如此，武却从未抱怨过一言半语。

"武一定也有他的难处啊。他不想给亲戚们添麻烦，这

---

① 日本特有的一种歌曲，是日本古典艺能与现代流行音乐的过渡，综合江户时代日本民俗艺人的唱腔风格，融入日本各地民族情调，以民俗民风、感情琐事为颂词的歌曲。

② 日本著名演歌歌手，本名阿部健太郎，1947年生于岩手县。代表作有《北国之春》《望乡酒场》《津轻平野》等。

般善良的人，一定没法向周围人说出自己的苦恼吧。我没能给予武足够的关心，如今只余无尽的悔恨……"

菊地多次表达了自己的悔意："武已被逼上绝路，但我却丝毫没有察觉。"

此后，我们又拜访了母子俩的另一位亲属，他与满年龄相近，也对武疼爱有加。熊谷先雄是武父亲的姐姐的长子，今年八十岁。从武出生起，两家就经常往来，关系亲密。然而，十多年前，武的父亲去世后，两家往来的次数便一下减少了。

在事发前约一周，熊谷还与武见了面。据悉，当时正值年末，武没事先打招呼，突然前来拜访熊谷。当时的武与往常一样，很健康的样子，完全看不出他身患疾病。

"武是在新年的时候突然去世的，所以我认为他年末的时候应该对病症有所察觉了吧。但当时的他丝毫未表现出痛苦的样子，也没有半句抱怨，没有吐露任何自己的难处。因此，当我得知武去世的消息时，对电话那头的人呵斥道'别乱说'，我感到非常生气。我当时认为这无非是个恶劣的玩笑。"

熊谷向我们描述的武，也是个性格开朗、善解人意的人。

"我从未听说过武经济上有困难。他从未因金钱问题向我求助。而且他还经常把自己种的蔬菜送给我们，亲戚的葬礼也从不缺席。也许他不想让我们看到他苦恼的样子吧。"

从与武自幼相识的亲属们口中，我们了解到他生前的模样——诚实、善良，也许正因为这样的性格，武才更不愿意给周围的人添麻烦，也没能向他人求助吧。

因没能注意到武所面临的困境，亲属们纷纷表示了悔恨之情，由此不难看出，当时要拯救这对陷入困境的母子该是何其艰难。

此后，我们又拜访了佐藤邦宪，他与武出生、成长在同一村落，是武关系最好的竹马之交。邦宪与武年龄相仿，交情很深。如今他担任了地方上的区长，统管各类事务。邦宪的家距离武与满的家开车仅需五分钟，孩童也能自由步行来往。武自幼便视邦宪如兄长一般，对他崇拜有加，而对邦宪而言，武也是如同亲弟弟一般的存在。

"年纪小的时候，我们一直在一块儿。节庆的时候，我们会聊一整晚的天。"

言语间，邦宪多次哽咽。

"武才六十四岁啊，为何这么年轻就……那么突然就死了……"

邦宪不时眼含热泪，向我们述说着对武的尤尽思念。

邦宪最后一次与武见面，是在他去世之前不久。当时的武看起来与往常一样，没有任何异样，两人在玄关前轻松地聊着天，那时候的邦宪完全没想到，那竟然是自己与武最后一次对话了。

"现在想来，我觉得武已经努力到了极限。满去接受日间看护服务的时候，因为事务所的接送服务需要额外花费，武便驾驶着小型货车亲自接送母亲。他当时已经这么节约了啊。但是他从未流露出半分辛劳，总是一副若无其事的样子。我认为他的内心一定已经积累了很大的压力，但是他从未抱怨。当然也许正因为彼此熟悉，才更不愿暴露自己的内心吧。也许和陌生人还能更轻松地说出心里话。因此，他从未与我们抱怨过只言片语。"

邦宪不断重复着，正因为是熟人，才不愿吐露自己的"无助"，他表示自己能够理解武的心情。仔细想来，自幼相识的熟人之间，也许会因为自尊心而不愿向对方展露自己的无助，如果出于这般考虑而默默忍受的话，那下文所述的武辞去工作后专心看护的八年，也许是一段暗无天日、漫长无尽的时光。他背负着看护母亲的沉重负担，所承受的痛苦却无法与他人言说，这该是怎样的无助和艰辛啊。

因"看护离职"而导致的孤立

在刚开始看护母亲的时候，武一边在老家与母亲同住、照顾着她，一边坚持上班，同时兼顾了看护与工作。但是，随着看护必要性的增加，白天很难让母亲独自在家了。

母亲满日渐衰老，独自步行、站立变得愈发困难，健忘也逐步加重。武不放心母亲白天独自在家，于是决意辞去工作。然而，这个"看护离职"的决定却导致母子俩在社会上陷于孤立，在经济上遭遇困窘。为了照顾母亲而下了决心，却使得母子俩被逼入绝境。究竟为何，武会作出"看护离职"的决定呢？我们打算追溯武漫长的看护人生。

从当地的高中毕业之后，武成了县内一所工厂的正式员工。因为是正式员工，他的收入稳定。但是，在四十岁之前，武便决定辞去这份工作。母亲满在步入七旬后，独自外出购物、操持家务等都变得愈发困难。武为了方便看护母亲，想在居家附近找一份工作。

得知武的想法后，与武自幼相识的朋友们便开始为他介绍工作，前文所提到的佐藤邦宪也是其中之一。他说当时有个在附近经营畜牧业的朋友邀请武前去帮忙，自己至今还记得武高兴的样子。武来到牛舍，干起了养牛的工作。因为工作的牛舍离家很近，"随时都能回家查看母亲的状况"，武向那位朋友表达了感谢之情。邦宪这般叙述道：

"武换了好几份工作，但是畜牧业的工作持续的时间最长。工作时间自由这一点还是很好的。为了看护母亲，武才选择了那份工作。有紧急情况的时候能立刻赶回家，就这一点而言这份工作是最佳选择了。"

兼顾畜牧业的工作与看护任务，武开始了为期近二十年的看护人生。从小与武一起长大的邦宪告诉我们，在开始看护母亲之后，武便不再参加地方上的聚会了。邦宪拿出一张照片，是武最后一次参加聚会时拍摄的。那是一年一度地方上的友人们相约前去温泉旅行的时候。照片上的武戴着滑稽的面具，想必朋友们都被逗笑了吧。照片是在展示才艺的舞台上拍摄的。

开始看护母亲之后，武不再有机会参加活动了，二十年前的这次旅行是最后一次了。武没法把满独自留在家中，自己外出过夜。邦宪也很担心武的看护负担是不是很重，但是看着武毫无怨言、斗志满满的样子，他无论如何也没法询问详情。

"正因为彼此熟悉，才有很多话难以说出口。看护的活，从饮食到如厕，事无巨细都要负责，真的很辛苦啊。但是，这样的事，面对在家人健康时就熟识的人是难以启齿也羞于启齿的，也许是出于这层考虑，武才选择保持沉默的吧。更别说经济窘迫的情况了，不好意思提出来吧……"

雇佣武在自营畜牧业工作的，是与之有多年交情的佐佐木长治。母亲满和儿子武都与佐佐木家有往来。当时，武每到工作休息的时候便会回家看护母亲，佐佐木一直在支持鼓励着武。

"偶然碰到武，便站着闲聊起来，武表示想在居家附近找一份工作，所以我就邀请他到我家来了。武可真是个勤快人啊，手上从来没个停。虽说工作内容主要是饲养牛，但武只要看到坏了的农具就会帮忙修好，有他一起干活，真的帮了我大忙。"

佐佐木与儿子儿媳以及三个活蹦乱跳的孙辈住在一起。孩子们正值调皮的年龄，工作间隙，武看到孩子们便会逗他们玩耍。在佐佐木向我们讲述武的故事的时候，孩子们听到了"武"的名字，便口中叫着"小武、小武"，呼唤着不见身影的武。从孩子们的表现中不难看出，武是多么受人喜爱。只要他一模仿加藤茶①的搞笑台词，孩子们就会笑得前仰后合。要问起"武先生过去的事"，邻居和亲属有说不完的回忆，人们真的都很爱他。

武在畜牧农家工作，展开了他的看护人生。从那时起到他去世前的二十年间，究竟发生了什么呢？我们决定继续采访，追溯武的人生。

佐佐木带我们来到武曾经工作的牛舍。宽阔的空间内饲养着超过两百头牛。武曾经在这里投喂饲料、清扫牛舍、刷洗牛毛等，全权承担着牛的饲养工作。此前一直与儿子两个人经营畜牧业的佐佐木表示，自从武来帮忙后，自己感到轻松不少。

在牛舍工作的时候，武每月收入约为17万日元。加上满的养老金，母子俩的月收入超过了20万日元，因而生活并不窘迫。但是，满迈入八旬之后，常常因为生病导致身体状况突然变差，武难以继续工作。满的腰腿不便，要独自在厨房站着做饭是很困难的。那时候，武早上去牛舍工作，中午回家做饭，母子俩一起吃午饭，饭后，武到牛舍继续工作，晚饭时候再回家，每日如此。对一边工作一边照顾母亲的武的忙碌身影，佐佐木记忆犹新。

"原来把父母放在心上是这么一回事啊。武每天一到中午就会回家做饭。除此之外，满如果出现问题打来电话，武也会立刻赶回家照顾母亲。"

---

① 日本著名歌手及搞笑艺人，1943 年生于东京。

但是渐渐地，满连上厕所、换衣服都难以独立完成了。而且，白天武不在的时候，满独自外出，屡屡发生摔倒或受伤的意外，让武惊恐不已。

　　"你妈妈倒在院子里了。"

　　一次，在接到邻居的电话后，武急急忙忙地赶回家，发现满正蹲伏在院子里。听说，满只要一回忆起过去的事，就会想去干干农活，随后便会独自外出，这样的事经常发生。佐佐木向我们描述了每次武心急火燎赶回家的样子。

　　"满只要摔倒了，就没法独自站起来，武对此深感担心。满已经很难一个人做家务了。但满对于自身状况却不甚了解，有一次由于独自做饭，甚至引起了火灾。也许是患上了痴呆症吧。但武还是坚持亲自照顾。"

　　渐渐地，满只能依靠轮椅活动了，也没法独自上厕所了，进食也变得困难起来。

　　"真的片刻都没法离开母亲身边。"

　　为一心一意看护母亲，武最终决定辞去工作。佐佐木至今都难以忘怀，武表明自己决心时候的样子。

　　"听到武说'要辞去工作，专心看护'的时候，我觉得这一天总会到来的。武总是把满的事放在第一位，根本不可能把满送去机构接受看护。但是，辞去工作后，母子俩的生活能够继续维持吗？我对此感到担心。然而，向武询问生活或是看护方面的事情，他总是说'哎呀，头疼呀、头疼呀，不容易呢'，语气爽朗，那样子像是在开玩笑似的，因此我以为事情并没有那么严重。而且我也不能当面问他钱是不是够用。"

在武去世前几天，佐佐木曾与他见过一面。武前来向他致以年末问候。那时候，佐佐木感到武似乎有什么地方不对劲。佐佐木家门前有一段上坡路，以往，武都能轻松走完。但是那一天，武一到佐佐木家，便说着"好累、好累"，一屁股坐在了玄关前。

"怎么了？你哪里不舒服吗？去医院看看吧。"

对于佐佐木的担忧，武只是摇摇头，嘴里说着"没事儿、没事儿"。

"比起自己，武总是更多考虑母亲的事。他不会因为自己身体不适就去医院。也许经济上也不允许他去医院看病吧。而且，万一他需要住院接受治疗，那么就没人看护满了。如果拜托他人看护的话，还要额外花钱，因此即便身体不适，武也只是默默忍受着吧。那时候，如果我更强硬地让他去医院的话就好了。"

在武辞去牛舍的工作、失去收入后，母子俩便依靠满的收入生活。此后八年多的时间里，靠着养老金、抚恤金等合计每月8万日元左右的收入，母子俩互相扶持、努力生活着。为了支付满的医疗费用，也是以备不时之需，武打算尽可能地存些钱下来，他竭尽所能地缩减生活费的支出。武总是在傍晚的时候去附近的超市买东西，因为那时候生鲜食品都会打折。为节省伙食费，他还在自家门前小小的田地里种植了蔬菜。武去世至今已过去半年了，现在的田地中，只见他生前所种植的葱、卷心菜等都迎来了收获时节。附近的邻居至今还记得武一边说着"这是满最爱吃的东西"，一边种芋头的样子。武还在自家后面的田里种了大米，时常利用满午睡的片刻光景，下到田里不停地劳作。在相依为命的母子俩的生活中，医疗费是一项沉重的负担。满渐渐患上了各种慢性病，医疗费用随之增加。

我们拜访了满曾经的主治医生伊藤昭彦，他在当地经营着一家私人医院。当地人都对他信赖有加，满在去世前每月都会前来看一次病。伊藤医生不无遗憾地表示，满的病并未严重到危及生命。

"满的确身患数种慢性疾病，但并非时刻威胁生命的重疾，对她的去世我感到非常遗憾。至今我还记得，满每次到医院来的时候，儿子都会一起出现。儿子总是陪伴在母亲身边，母子俩关系真的很好。"

满的心脏患有慢性病，也曾因此住过院。此外她还患有糖尿病、白内障、高血压等疾病，每月的治疗及用药花费为12 000日元。为了积攒未来的住院费，母子俩的生活费一再缩减，生活也愈发艰辛。

有家人在身边反而难以察觉求救信号

事关性命的医疗费用不能节省，于是武只能想办法缩减看护费用，仅接受"每周一次"的看护服务。满几乎处于卧床不起的状态，根据判定，她的实际"需要护理程度"较高。这样一来，满可以接受每周数次至每天一次的上门看护服务。但是，出于经济考虑，为尽可能缩减看护费用，武并没有使用看护服务，而是亲力亲为地看护着母亲。

　　为了解满与武母子俩使用看护服务的情况，我们采访了社协的长谷川先生。

　　满从去世前十几年便开始使用日间看护服务。最初，满身体健康，并不需要援助。武驾驶着轻型货车接送母亲。满以每周一次的频率前往日间看护中心，从不缺席，她会在看护中心唱唱歌、玩玩套圈游戏等。据悉，满当时最为期待的，便是与大家一起吃午餐的时光。

　　后来，满无法离开轮椅独自行走，那时候，社协的工作人员向武提议是否要增加看护服务。

　　"进食、如厕的辅助等，都需要武独自完成，并非易事，因而工作人员提出'使用日间看护服务的频率增加到一周两天''使用短期入住服务，让满在机构过夜'等提议。但是武表示没有这个必要。我们感到或许他也有经济上的考虑吧，但不管怎么说，武是付出所有心血、全心全意地在看护着满。每月一次家访的时候，总能看见院子里晾晒着满的被子、床单等物品。武还会亲手制作满爱吃的菜，他有着女性一般的细心，无微不至地看护着母亲。我完全没有想到事情竟严重到这般地步。"

　　奥州市社协举办的高龄者关怀活动，以独居家庭为重点开展。活动与民生委员合作，采取定期家访、紧急情况随时联络等方式，从日常生活做起，与关怀对象保持更加密切的关系。但是，由于独居老人数量剧增，现实是仅采取上述方式也没有足够的人手可供调配。并且，社协还打算将关怀活动的辐射范围增至仅有老年人生活的家庭（不限于独居）。因此，由六十五岁以下家人承担看护任务的家庭，并不属于关怀活动覆盖之列。就满与武母子俩的情况而言，武明确表示"自己会看护母亲"，有时工作人员前去查看情况，也会发现看护细致周到，武本人也表示"并没有困难"，因而这一案例未被认为需要频繁关怀。

"我们也知道满身体状况不佳，看护很辛苦。但我们并不认为这一家庭面临重大危机，需要日常关怀。通过这次的事件，我们深切地认识到，即便本人未发出求救信号，或许也存在明面上无法看清的内在问题。我们不能想当然地认为'因为有家人在身边，所以没有大碍'，而应该正视'正因为有家人在，而无法看清'的难题，并想办法采取对策。这是今后需要探讨的课题。"

没能将求救的话说出口的母子俩

武的看护生活究竟有多么辛苦，他从未向身边的人或是家人发出求救信号。居住在别处的家人们，是如何看待母子俩去世的呢？在采访中，我们得知武有一个弟弟居住在东京。随后，我们拜访了武的弟弟佐藤丰，当时距离母子俩去世已过去了半年多时间，丰的心情依旧难以平复。丰表示，当时他接到了一通亲戚打来的电话，得知了这起悲剧。

"怎么会，连哥哥也……"

面对母亲与哥哥同时去世的沉重打击，丰始终难以释怀，但他也表示"希望这样的悲剧再也不要发生"，并接受了我们的采访。

佐藤家一共有兄弟三人，武是长子，他从小就照顾着弟弟们，是一个温柔可亲的哥哥。"因为我家是三兄弟，大家可能认为我们会经常吵闹，其实我们兄弟之间真的不吵不闹。我认为那也是因为哥哥性格温柔善良，我从没见他发过火，真的是位值得依靠的兄长。"

弟弟丰在中学毕业之前一直在奥州市的老家生活，也就是后来武和满去世的地方。此后，丰为了就业来到了东京，开始了近五十年远离家乡的生活。他此前在运输公司工作，退休后也从事着管理仓库货物的兼职工作。为了养家，丰一直坚持工作，生活也并不宽裕。对于回岩手老家这件事，时间上、经济上都不允许，他也只能有时给家里打打电话。

武也知道弟弟生活的困窘，每次都一个劲地鼓励弟弟，从不谈及自己的困难。

"我是在电话中得知哥哥辞去工作，专心看护母亲的事。那时候我也觉察到，哥哥没法兼顾看护与工作，看来看护真的很辛苦，对此我感到担心，但是哥哥只是笑着说着'没事儿、没事儿'。所以，我没想到妈妈与哥哥两人的生活已然这般辛苦。"

丰时隔多年回到老家，是在母子俩葬礼的时候。他在老家整理了两人的遗物并带了几件回到东京。他拿出来向我们展示，其中包括武时常使用的黑色小包、随身佩戴的手表等。黑色小包中有一张资格证，只见照片上的武头发花白。此外，还有一张满的存折，曾被用于存取母子俩的生活费。丰表示，他在看了成为遗物的存折之后，才知晓哥哥与妈妈生前过着怎样窘迫的生活。

满的存折显示，2月份进账的养老金为65 000日元。与满丈夫的军人抚恤金相加，一个月的收入是8万多日元。这些钱需要用于支付医疗及看护费用、伙食费、电气费等所有生活开支。在依靠这笔微薄的收入维持生活的同时，还要从一再缩减的生活费中省出钱来储蓄，丰对此感到相当震惊。在母子俩去世的那一年里，他们就是这般从一分一厘积攒下的储蓄中一点点地支取，艰难地维持着生活。

"我从没想到，哥哥的经济状况如此窘迫。打电话的时候，哥哥有时还会反过来鼓励我。还会对我说'你过得好吗？没事吧？'不仅如此，他每年还会给我寄来二十公斤的大米。光是运费就很贵了呀。哥哥有多么体恤家人啊。正因为如此，他从不告诉我看护的负担之重、生活之艰辛，他是在体谅我的难处啊。"

丰同时失去了妈妈和哥哥两位挚爱的亲人，万分悲痛。在采访的最后，他艰难地挤出了这般话语，话中字字带泪：

"事到如今，我常常想着，如果能多回家看看、多听哥哥倾诉的话就好了。如果能更常回家、更多交流的话就好了啊。那些难以说出口的话题也该多多了解啊。哥哥总是不考虑自己的事，把他人的事放在首位。因此，我全然不知哥哥身体状况不佳的事实。如果我知道的话，我就会回老家了……如果能由我来看护母亲的话，哥哥也许就能去医院了……我很后悔，后悔得无以复加。"

地方上如何预防"两代人两败俱伤"？

在得知母子俩去世的冲击性消息后，地方上的人们就"有家人在身边，却因而背负沉重的负担，如何能够发现这一情况"为题，共同商讨对策，寻找新的解决方案。满与武母子俩并没有被邻里或地方所孤立，也有能够联系的家人。即便如此，两人的性命仍旧没能得到挽救，这是为什么呢？对于自身不呼救的人，该怎样拯救他们呢？这是一个沉重的问题。

武的少年朋友、担任地方代表的佐藤邦宪，举办了名为"茶话小会"的聚会，所有人都能参加。不仅是老年人，从事看护的人群也能随意参加，人们可以在会上倾诉平时无法言说的抱怨、发发牢骚，也可以将其当成转换心情的场所，与会者互相支持、鼓励。

"此前，总是以老年人为对象举办敬老会、健康体操集会等，却没有为从事看护的人群提供支持的活动。想到武的遭遇，我认为应该让看护着父母的人群得到身边人更多的支持。虽然茶话会活动才刚刚开始，但我想通过这一活动，促进地方上人们之间的交流，形成一个更为开放、融洽的社会。"

当地的社会福利协会正对此前以独居老人为重点的关怀活动进行改良。通过针对全体居民的调查，积极掌握实际情况，以"即便是两代人共同生活的家庭，也可能面临危机"为前提，不仅对独居、仅有老年人生活的家庭，也对所有家庭进行调查。通过此调查，倾听居民们平日里细碎的抱怨、烦恼，并判断是否需要给予帮助。"不想让母子俩身上所发生的悲剧重演"——抱着这一强烈的愿望，社会福利协会的工作人员们正积极开展各种活动。

"在受助对象自身不主动发出求救信号的情况下，'发现'其面临的窘迫局面，并为这样的家庭提供援助，是一件相当困难的事。但是，佐藤满和武告诉我们的事实是，'即便是不寻求援助的人，也可能面临危机'。看不到'救救我'的信号，也许是因为对方没法说出口，我们必须将这一可能性纳入考虑范围。在对方没能呼救的时候，问题可能正在逐步恶化，正因如此，才必须尽早发现。我们要秉持着这样的理念，尽力妥善解决地方福利问题。"

对于难以察觉的"两代人两败俱伤"现象，地方上的人们怀着极度忧虑的心情，一边考虑如何对其进行有效的预防，一边积极地展开行动。通过取材，我们看到了在所谓"家"的背后所隐藏的难处。"家人"本是能够互相扶持、互相依靠的存在，而"家庭"则是温暖的港湾。然而，正因为是家庭的问题，才不想被外人知道、才选择隐藏，或是想要自己解决、独自承担一切，这样一来，面临的问题就很难为他人所知晓了。

其实，如果能够及时求助，地方上存在相关对策和部门，能够及时给予响应、帮助解决问题。为了将受助方与施援方连接起来，怎样才能让受助方安心地发出求助信号呢？为了建成一个和谐、温暖的社会，让老年人、子女、残疾人等需要援助的人群能够安心地发出求助的信号，不仅需要在制度层面作出改进，同时我们每一个人都必须充分意识到"自己有一天也会成为需要援助的对象"，积极改变自身的价值观。

看护离职10万人时代

"武真的尽力了。这不是谁都能做到的。"

但是，武所作出的牺牲，为了看护而辞去工作，不得已又更换工作等，极易导致"两代人两败俱伤"情况的发生。

国家现正以"零看护离职"为目标，充实并完善看护服务的构成。但是，厚生劳动省的调查显示，每年因看护而辞职、换工作的人群数量达到了10万人。辞去工作便意味着失去收入，也有不少人因换工作导致收入大幅减少。习惯于在社会上工作的人转而专心于看护，一方面能够填补看护人员的不足，另一方面却会使面临少子高龄化的日本社会失去宝贵的劳动力。为了让人们能在取得充足、稳定的收入的同时，兼顾工作与看护，应该采取怎样的必要措施呢？

就上门看护服务而言，无论如何延长看护时间和次数，老年人还是会有独自一人的时候。然而，提供24小时看护的机构数量不足，能够立刻入住的民营机构费用高昂。看护费用原本就已是一项沉重的负担，家人才不得不亲自承担起看护任务。不少人无奈之下选择改变工作方式，甚至不得已辞去工作。看护与工作，实在难以求得两全。

在漫长的二十年光阴中，武没有半句怨言地看护着母亲，他内心的真实想法究竟是怎样的呢？

武明确地认识到，满离开了自己就没法继续生活下去，因而将自己所有的人生奉献给了母亲。他放弃自己想做的事、想买的东西，二十年如一日地守护着满。

"虽然母子俩一同去世实在是令人扼腕，但如果哪个人先离开人世，被留下来的那个人可能更加痛苦吧。虽然这是一个悲剧，但是母子俩能互相陪伴着走到生命的最后一刻，这也许也是一种慰藉。"

母子俩的墓碑静静矗立在小山丘上，那是两人最后的栖身之所。遥望彼方，故人已去……武幼时的玩伴们、亲戚们泪如雨下。

第四章
预防"两代人两败俱伤"的"家庭分离"措施

老年人剧增　刻不容缓的看护一线

从全国范围内来看，首都圈的老龄化速度也算得上是很快的。

"照这样下去，在不久的将来，医疗及看护领域是否势必将面临人才紧缺的局面？"

对老年人口的增长趋势进行估算后可知，上述担心很可能成为现实中的"噩梦"，专家们已开始敲响警钟。事实上，真正对医疗及看护一线工作形成压力的，将是团块世代迈入七十五岁，也就是他们成为后期高龄者之时。这将是十年后的景象，但是在目前老年人福利工作的一线，这一预兆已初现端倪。

为推动老年人看护工作、地区关怀活动的开展，全国各自治体都设立了地区综合援助中心。该中心的数量在全国范围内共计逾4 500处，社工、护士、保健师等专业人员常驻其中。

所有援助中心的咨询数量都呈急速上升的趋势。不仅有老年人本人"因收入较低，生活困难"而前来咨询，还有越来越多的当地居民因"最近不常见到老太太的身影""说话经常不合逻辑""垃圾房内传来恶臭"等异常情况，前来通报。

东京的大田区，一处尚存市井风情的住宅街内，据悉，此处的地区综合援助中心正为众多面临"两代人两败俱伤"危机的家庭提供援助，我们决定前去拜访。

一早，工作人员们便济济一堂，开始了会议。会上他们各自陈述了情况严重的案例，共同商讨有效的解决方案。这一天讨论的案例主人公是一位八十多岁的独居老太太。

这位老太太由于身体状况不佳，住院接受治疗，之后处于卧床不起状态。出院后，她无法回家独自生活，只得寻找机构入住。但是，老太太却表示想在自家度过余生。如何找到妥善的方案，了却老太太的心愿？员工们纷纷提出了各自的见解。

如此这般的复杂案例需要员工们长期跟踪，同时他们每天还要接受新的咨询。在接手新的咨询案例后，员工们会进行家访并提出合适的对策，这需要耗费一定的时间，中心经常处于人手不足的状态。

该援助中心可以说是老年人援助专业团队，然而对这里的员工们而言，面临"两代人两败俱伤"危机的家庭也实属难以解决的案例。

"未曾想竟会面临这般局面"

在大田区地区综合援助中心工作的社工杉山耕佑表示，

自己正负责一起"两代人两败俱伤"的案例。他接手这一案例已三年有余。这户家庭正面临"两败俱伤"的局面，目前为止，杉山已为其提供了各种各样的援助手段，总算是使其得以维持生计，然而状况却愈发紧迫。

2015年6月的一天，如同夏日般酷暑当头，我们与杉山一道拜访了上述那户人家。杉山事先已向当事人告知了我们的到访，初次见面时，当事人向我们露出了微笑。

杉山的援助对象是八十三岁的铃木隆（化名）。在两层的住宅中，他与两个儿子共同居住。

"今天真热啊。快进来吧。"

打开一楼的门后，眼前便是楼梯。只见杉山熟门熟路地往二楼走去。

"你的身体怎么样？"只听杉山问道。铃木先生随即回答："像今天这样的天气，我的血压就会上升，真麻烦啊。"两人一边亲密地交谈着，一边走上楼梯。

上到二楼后，我们被领到正对面的一间房间。杉山开始询问铃木先生生活各方面的情况。

"你最近好好吃饭了吗？"

"我从今天早上开始就什么都没吃了。昨天一整天就吃了一个面包。因为没钱啊。"

一边交谈着，铃木先生一边在口袋里摸索，掏出了自己身上的现金，只见一枚枚都是零钱。有一枚100日元的硬币，10日元、1日元的硬币数枚。总计连200日元都不到。

"我现在只有这些钱了，没法买吃的啊。连千元纸币都没有。"

如果不好好吃东西的话，对身体会造成不良影响，杉山表达了自己的担忧。铃木先生带着他来到了厨房。厨房不太使用，因此收拾得很干净。铃木先生表示，自己有时会在超市购买家常菜，或是囤积一些面包、米饭等速食，简单地解决餐食。锅中还残留了一些重新加热过的内脏锅①。架子上还摆放着两盒速食米饭以及速食咖喱。

"钱还要过几天才能进账，这些东西得分好几天吃。100日元一盒的速食米饭可以分好几次吃个两天，每次加一点点咖喱。"

铃木先生正过着连便当都吃不起的生活。

"我有时候也想吃个热乎、美味的套餐啊。真是做梦呢……"

陷入绝境的"老后破产"

铃木先生属于"无养老金"老人，也就是没有任何养老金收入。在自家居住的二层建筑中，他将一层的房间出租。每月的收入便是由此得来的9万日元，仅此而已。过去，二楼的一间房间也作出租之用，当时的租金收入合计14万日元。但是，由于没有租客，现在的收入减少了。每月9万日元的收入，需要用于支付公共费用、电气费、手机费等，剩下的钱也就只够维持温饱了。

铃木先生年轻的时候曾在面包生产工厂、印刷厂等处

---

① 一种源于九州的福冈和博多地区的知名乡土料理。

工作，跳槽频繁。为了养育两个儿子，他几乎不休息，始终辛劳地工作着。但是有很长一段时间，他没能缴纳国民养老金的保险费用，最终没能达到足够领取养老金的缴纳期限（原则上需要连续缴纳25年以上），陷入"无养老金"状态。其实，在收入较少、无力支付保险金的情况下，可以通过申请减免手续来免除保险金的支付，将来领取的养老金额度会相应减少，但还是有养老金可领的。如果不知道上述手续，持续不缴纳保险金，那么到六十五岁退休后，就无法领取养老金了。这样的无养老金人群的数量已超过了100万人，铃木先生便是其中之一。

由于房租收入减少到了每月9万日元，铃木家便没钱支付土地的租地费了。铃木家的家用住宅兼公寓，当时是租用土地建造的，但是目前他们无法支付每月1.2万日元的租地费，这笔费用持续处于滞纳状态。

地区综合援助中心的杉山从三年前开始负责铃木家的相关事宜，他也反复向铃木家说明，如果持续不缴纳租地费的话，可能就得搬家了。

"因为租地费一直处于滞纳状态，很难继续一直在这里生活了。其实，在需要医疗或看护的情况下，目前的生活也没法继续。现在真的已经到了紧要关头，必须想办法改变当下的生活了。"

对于滞纳金额不断累积这一事实，铃木先生也深感忧虑。但是他已经八十三岁了，很难依靠自己的力量赚到钱了。同住的两个儿子也年过五十，身体状况不佳，无法工作。铃木一家可谓是真正在"两败俱伤"的边缘。

本该依靠儿子的晚年生活……

为何无法依靠同住的两个儿子生活呢？这正是铃木家所面临的最为严峻的问题。

两个儿子在中学毕业后，成为了涂装业的工匠，一直干着按日结薪的工作。由于是日结的工作，工作量时有变化，每月的收入并不稳定。在泡沫经济开始崩溃的时候，生活也渐渐受到了冲击。当时建筑方面的工作大量减少，兄弟俩的收入也猛然下降。儿子收入减少后，铃木家便主要依靠房租收入生活。

周围的人屡次劝说两个儿子"试着找找涂装以外的工作"，但是五十多岁的年纪已很难再找到工作了。两人此前从事了超过四十年的涂装工作，除了对这一行有经验之外，不知还能做些什么，前路迷茫。

同时，长子因腰痛甚至连涂装的工作也难以胜任，他对现状感到很是焦虑。

"不工作的话，连饭都吃不上了，我想继续工作。我也想尽可能地帮助父亲，但是真的做不到。我很恨这样的自己。"

采访那天，长子又因为腰痛厉害而没法前往涂装工作现场，休息在家，他静静地坐在房间中。铃木先生也深知儿子的处境，没法对其责难。

"我也知道，儿子上了年纪，工作起来没那么轻松了。（涂装业的工作）每天都需要站立着，盛夏他冒着酷暑出门上班，第二天回家后便筋疲力尽地躺着。真的没法硬撑着工作啊。"

铃木先生多次表示"不想给儿子添麻烦",他始终坚持着依靠自己的收入撑起这个家。

原以为能够持续到永远的中产家庭的生活

7月的某一天,我们再度拜访了铃木家,铃木先生向我们展示了一张家庭照片。那是一张摄于四十多年前的老照片。照片上的一家人身着盛装,正参加新年的首次参拜。两个儿子当时还是小学生,只见他们身穿同款毛衣,笑容灿烂。铃木先生身着西装,穿着和服的妻子身姿挺拔,面带微笑。这张家庭照片所展现的,正是昭和四十年代的时候最为常见的中产家庭幸福的新年日常。

看着照片,铃木先生向我们叙述起妻子的故事来。妻子生前是个坚强努力的人,在她去世后,一家人的生活开始渐渐脱离正轨。

"为了这个家,孩子他妈一直在从事化妆品销售的工作。她一边工作,一边操持家务,连休息的时间都没有。孩子他妈一直很喜欢跳舞,有很多朋友。她真的是个温柔的人啊。从没想到孩子他妈会先于我离开这个世界,她去世后,我都不知道该怎么继续生活下去了。"

为了照顾丈夫和儿子们,铃木太太生前独自包揽了做饭、洗衣等家务,她性格开朗,一直是家庭的中心,然而作为家庭顶梁柱的她,却在一年前告别了这个世界。铃木太太一心为家人着想,扮演着家人之间"纽带"的角色,在她去世后，父子三人似乎一下被放逐到了惊涛骇浪的海上，失去了生活的方向。

地区综合援助中心的杉山至今还记得，铃木太太去世后整个铃木家的状况，他双目湿润地回忆道：

"当时父子三人的状况非常不好。但是真正身处残酷境地的，其实是去世的铃木太太。她的临终时刻过得非常艰辛。我至今还在想，当时能否为她提供更好的援助办法。"

大约三年前，铃木太太的身体状况一下子恶化，深夜里突然病发，随即被救护车送往医院。医生表示，铃木太太的消化道出现了出血的情况，在病发之前她也许承受了相当大的痛苦。但是，妻子在病发之前，几乎不去医院。铃木先生虽然一直在妻子身边，却没能让她及时就医，对此他深感悔恨。

"孩子他妈怕花钱，就一直忍着疼，自己买止痛药吃。如果早点带她去医院的话就好了啊。"

在铃木太太被救护车送往医院开始住院后，铃木家所面临的问题也终于浮上水面，也是在这时他们与地区综合援助中心取得了联系。杉山负责起铃木家的相关事宜，为其提供必要的援助。

但是，在杉山接手的时候，铃木家所面临的问题已相当严重。铃木太太的身体状况不容乐观，但是铃木家并没有足够的钱支付住院及就诊费用。若想申请生活保护，以铃木家的情况而言，他们有自己的住宅，还有房租收入，两个儿子虽然收入不稳定但还能工作，在这样的前提下要想取得生活保护是很困难的。

铃木太太出院后，身体状况每况愈下。她的心脏及肾脏开始逐步衰竭，在饮食中需要控制盐分的摄入。因此，杉山劝说铃木父子接受看护护工服务，管理铃木太太的饮食。但是，铃木家并没有足够的钱用于看护服务。铃木先生也没有做菜经验，难以安排妻子的饮食，总是吃便当、速食品、罐头等食物的话不能保证营养的均衡摄取。该如何拯救这一家人的生活呢？杉山没法找到合理的解决对策，他持续进行家访，希望为这家人寻得一条生路。

最后的手段"家庭分离"

结合家人的意向，杉山最终得出的结论是"家庭分离"。为让铃木太太接受充分的医疗及看护服务，只能申请生活保护。但是，如果依靠自家的房租收入生活的话，就没法接受生活保护。因此，他们摸索出的方法是将妻子从"家庭中分离出来"，入住机构，以单身家庭为单位申请生活保护。

拥有资产的家庭，或是与能够工作、有收入来源的子女同住的家庭，原则上都没法接受生活保护。但是，在老年人援助工作的一线，老年人非常需要医疗及看护时，自治体会对其必要性作出判断，通过让老年人入住机构等方式，实现父母与子女的家庭分离。这也是让老年人接受生活保护的手段之一。随后，通过为子女提供就业援助等措施，帮助其实现自立生活。

上述"家庭分离"的举措，需要将共同生活的家人分离开来，因而有必要充分考虑当事人意向，慎重行事。

铃木太太如果不接受充分治疗的话，可能会有生命危险，因而当时有必要讨论并考虑能否采取紧急措施，将她与两个儿子分离开来，实现"家庭分离"。与家人分离这一选项究竟是不是最为妥善的解决方法？杉山对此也深感苦恼。

"眼见着铃木太太身体状况不佳，为了挽救她的生命，'家庭分离'是最后的手段了，除此之外别无他法，这就是现实。"

然而，铃木太太却固执地拒绝了这一提议。即便身体状况再怎么恶化、病情如何加重，就算是不能接受充分的医疗及看护服务也罢，她不愿意离开儿子生活。"首先得把病治好啊"，面对家人的说服，她无动于衷。杉山也没法违背当事人的意愿强硬执行，于是也不再劝说他们进行"家庭分离"了。

铃木太太的病情逐渐恶化，随即住院接受治疗。铃木先生和两个儿子前去病房探望，不断鼓励她坚持下去。但是，铃木太太入院后不久，便于2014年9月撒手人寰了。

"我没能挽救妻子的性命。我深感后悔。但是妻子无论如何都不能接受与儿子分开，对此我也无能为力。到底该怎么办好呢？"

对健康状况的担忧已悄悄逼近……

酷暑当头的时候，铃木家的电话突然无法接通，我们没法与他们取得联系。"是不是发生了什么事？"正在我们感到担忧的时候，地区综合援助中心的杉山与我们取得了联系。

"铃木先生被救护车送往医院，现在正在住院。"

我们的担心变为现实。

"铃木先生在家准备去卫生间的时候，突然一阵晕眩摔倒在地，然后他马上叫了救护车。现在他正住院接受观察，具体情况还不清楚。但并不是严重的状况，没有大碍。"

听了杉山的话，我们的担忧并未完全消除。几天后，我们与杉山一同前往医院探望铃木先生。

在六人一间的病房中，铃木先生躺在最靠里的一张病床上。他的脸上已不见了以往充满活力的笑容，只是有气无力地躺着。我们向他打招呼道："您还好吧？"铃木先生立刻给予了回答：

"我没事。给你们带来这么大麻烦，真的抱歉啊。我还从没被别人探视过呢。真是岁月不饶人啊。"

据铃木先生描述，那大夜里，他起床准备去卫生间，突然感到一阵晕眩。他甚至都分不清哪里是天花板哪里是地板，睁开眼保持静止都感到很难受，待着不动也不能缓解晕眩，害怕之下便叫了救护车。医院的医生表示，似乎是掌管平衡感觉的器官一时出现了异常所致，并不是重病，不需要担心。

据医生所述，不良的饮食情况及家中的酷热都有可能是诱因，我们闻言更感担忧。铃木先生平日依靠面包、速食品、便当等果腹，饮食完全称不上是营养均衡。并且，在持续酷暑的夜晚，他睡的房间也没有开空调。我们还曾见到他在白天的时候经常服用药店购买的头痛药。他回家以后，会不会再次发生同样的晕眩情况呢？我们感到无比担忧。一同前来探视的地区综合援助中心的杉山，也与我们有着相同的忧虑。

"你没有好好吃饭，把身体给弄坏了，对于将来你不会感到担心吗？未来的道路该怎么走才是最好的选择，我们一起打算一下吧。"

杉山这般说着，铃木先生似乎做好了不得不离开家的觉悟。

"如果继续与儿子一起生活的话，可能真的会很艰难。为了能过上安心的生活，实在没办法的话，我只好离开家。"

杉山再次向铃木先生提出了"家庭分离"的构想——铃木先生离开家、入住机构，与两个儿子分开生活，他便能接受生活保护，安心接受医疗服务。铃木先生自己，也以这次紧急入院为契机，做好了与家人分离的觉悟，急忙开始办理生活保护的手续。

与儿子分离的日子

即使在旁观者看来，铃木先生与两个儿子之间的感情也是亲密无比的。父子三人相依相伴、共同生活至今。儿子悉心陪伴年迈的父亲，一同散步、一起洗澡。铃木先生也相当珍惜与儿子共度的时光，讲起儿子过去的故事，脸上露出了温柔的神情。

"孩子们小的时候，一到休息日我就会与他们一起去打保龄球或是去钓鱼。虽然我很少有休息的时间，也不太管孩子。不知不觉之间，孩子们就长大了。也不知从何时起，我竟然需要依靠孩子们了。"

可惜，能够和儿子们一同生活的时光已所剩无几。虽说是铃木先生自己作出的决定，但是要离开生活了超过六十年的家、离开朝夕相处的儿子，该是何等无奈、落寞。

"我内心已经考虑清楚，可是真的要离开家还是感到很凄凉啊。我一直在这里生活啊。我也想尽可能地住在家中，直到生命的最后一刻，但现实条件并不允许。"

尽可能在自家生活，为安心接受医疗及看护服务而不得不离开家，在这两种期望之间一边权衡、一边不断动摇，心情复杂，最终只能以"为防止'两代人两败俱伤'，除此之外别无他法"这样的话语来说服自己。

杉山为铃木先生寻找到的新住处是位于东京都内的"都市型经济养老院"。该机构的收费较为低廉，低收入人群及接受生活保护的人群也能入住。在东京都内，有不少老年人无法入住收费高昂的养老院，为满足这些老人的需求，经济养老院的数量正在增加，铃木先生即将入住的机构也是新落成的。入住者的居住空间均是独立带锁的，且有工作人员全天候值班，发生紧急状况时能够予以应对。机构还配备洗浴设施，冷暖气设备一应俱全。入住者的一日三餐也营养均衡。费用根据看护服务的必要程度有所差异，但大致花上10万日元便可入住，在生活保护的给付额（约13万日元）的范围内。

铃木先生事前参观该机构时表示，最为满意的就是餐食了。在妻子去世后，铃木先生便再也没能吃上一顿热气腾腾的家常饭菜，对他而言，机构所提供的餐食是许久未见的"在碗中冒着热气的饭菜"。不管怎么说，他从此以后就不必再担心第二天该吃些什么，可以从每天吃着面包的生活中解脱出来了。

同时，如有必要，入住者还能够在机构内享受到进食、如厕、洗浴辅助等看护服务。

"能吃到热气腾腾的饭菜我感到很高兴。我今后的住处有了着落真是太好了。"

铃木先生卖掉了多年来与家人共同居住的房屋，积极做着入住机构的准备工作。

酷热当头的某一天……

6月下旬，铃木先生搬家在即的当口，出现了反季的酷热天气，暑气迟迟不见消散，闷热难耐的夜晚令人难以入睡。在地区综合援助中心内，为预防老年人出现中暑情况，工作人员们每天挨家挨户地拜访、提醒老人们注意防暑降温。其中一名工作人员边说着"铃木先生应该没事吧？"边拨通了他家的电话。不想，电话那头的铃木先生状况异常。工作人员顿时紧张了起来。

"我头晕，动不了了。"

铃木先生出现了晕眩的症状，只得躺着，没法起身。

"现在天气这么炎热，也不知铃木先生有没有及时补充水分，还是去他家看看吧。"

一名持有护士执照的工作人员携带血压计、测量室温的温度计、体温计，以及缓解中暑的口服补水液，向铃木家赶去。

在室外行走的时候，我们能感受到强烈刺目的阳光及逼人的酷热暑气，让人不禁头晕眼花。一想到铃木先生的房间没有空调，担心更甚。我们走得大汗淋漓，不时擦拭淌落的汗珠，终于到了铃木家。

铃木先生总是待在二楼，以往我们到访的时候会在一楼玄关处大声呼喊他的名字。这一次也像往常一样，护士大声叫着铃木先生的名字。

"铃木先生！铃木先生！铃木先生！"

大声朝着二楼叫唤，直至重复了三遍，也未有回音。

"咦，是不是不在家。怎么回事啊……"

以往，只要一听到叫声，铃木先生就会从二楼的房间内探出头来，但这次叫了这么多声都没有任何反应。

"铃木先生！我们上二楼来了哦。你没事吧？"

护士急急忙忙地走上通往二楼的楼梯。上到二楼后立刻就看到了铃木先生平常待着的房间，但却不见他的身影。

"铃木先生、铃木先生！"

二楼的厨房、客厅等处也不见他的身影，正在手足无措之际，突然从走廊边的一间小房间内传来了细微的声响。

"铃木先生在吗？我们进来了哦。"

一打开房门，一股闷热的空气扑面而来。只见铃木先生正裹着被子躺在屋内。房间内没有开空调，室内温度超过了三十度。

"你的身体怎么样？这里实在太热了啊。没有窗户吗？"

因为这超乎寻常的酷热，我们正打算换气通风，铃木先生却阻止了我们。

"不热啊。我感觉正好呢。"

年纪大的人不太容易感到炎热，因而更容易中暑，但是眼前的铃木先生，与其说他并未感到炎热，不如说他似乎还感到寒冷。在本就闷热不已的房间内，他身上紧紧裹着毛毯和被子。并且，因为嫌上厕所麻烦，他还控制着水分的摄入。

持有护士资质的工作人员立刻打开窗户，使室内充分通风，随即为铃木先生测量了血压。结果显示，血压比往常要高。为测量血压卷起铃木先生的袖子时，我们看见他的手臂上有多处淤青。

"晚上想去厕所，正提起步子的时候一下子感到一阵头晕目眩，随后就摔倒了。所以我尽可能不去上厕所了。"

铃木先生表示，自己在屋内行走时，屡次出现眩晕的症状，并多次摔倒，手臂已撞成紫色，肿痛不已。铃木先生在自家的生活似乎已经走到了尽头。目前的状况已非常紧迫，需要尽快让其入住机构，接受充分的医疗及看护服务。

离开家的日子

终于到了搬家的日子。在身体状况稍稍恢复后的某一天，铃木先生搬去了机构居住，从充满回忆及留恋的自家住宅转到六叠①大的房间，开始了机构生活。从家里带走的行李包括内衣之类的衣物、牙刷等，仅一个小小的纸箱便是全部了。

"真的要离开家还是很舍不得啊。但是入住了机构后，就不用再操心生活上的事，这也是不得已的选择。我也不想再给儿子们添麻烦了。"

铃木先生的新房间内，只有一张床和一台电视机，摆设简单。床边还有一枚呼叫按钮，能够随时呼叫工作人员。

铃木先生离开家后，他的两个儿子在附近租了公寓，开始了新生活。

随后，地区综合援助中心的杉山立刻开始为铃木先生办理申请生活保护的手续。这样一来，总算令人松了一口气，可以放下心来了。但是杉山表示，他还在思考是否有更好的解决方法，能够在确保家人共同生活的前提下，为其提供援助。对此他至今仍心情复杂。

"我认为，在确保家人共同生活的前提下为其提供援助是再好不过的了。究竟什么才是最好的解决方案，至今我也说不上来。但是在铃木太太去世前，她本人表示不愿接受'家庭分离'，因而未能接受充分的医疗及看护服务。眼看着她身体状况一再恶化，我却束手无策，无法提供应有的援助。正因为此，这一次我将铃木先生的生命安全放在

---

① 一叠即一张榻榻米大小，约 1.62 平方米。

首位，'家庭分离'也是无奈之举。"

铃木先生入住机构后，也出现过身体状况不佳的情况，但至少已能确保他定期前往医院接受治疗了。看护保险的申请手续也在稳步推进，铃木先生还前往日间看护中心接受服务，为预防需要护理程度进展而努力。与在自家生活时相比，铃木先生的饮食状况得到了改善，脸色也变好了。但是，现在的铃木先生却再也回不到过去的生活了，与儿子们一起无拘无束地在自家住宅生活的每一天，如今成了缥缈的怀念。

"您习惯新生活了吗？"

闻言，铃木先生略显落寞地回答道：

"虽然生活上没什么困难，但是现在几乎没人会到这儿来看我，我也见不到住在附近的熟人了。一整天就是靠着电视打发时间，也没有人可以说话，日子过得很无聊啊。"

铃木先生高兴地对我们说，现在他最为期盼的便是能够时不时与儿子们见面。儿子们有时会为他购买一些日常生活用品，想着有些东西太重铃木先生拿不动，还会为他购买许多瓶装饮料囤在房间里。

在我们告别的时候，铃木先生目送着我们离开：

"再来哦。我一个人待的时间很长啊。"

他强扯出笑容，这样的笑容显得分外寂寞。

名为"家人"的屏障

目前为止，我们已对为老年人的生活提供援助的各相关部门进行了采访，不仅是行政方面，还包括地区综合援助中心、社会福利协会、非营利性机构，等等。在此过程中，我们时常听到这样充满矛盾的话语："由于受助对象与家人同住，很难为其提供援助。"我们原以为，与独居生活相比，与家人共同生活的话，彼此之间能够互相扶持，生活也能得到改善。但是，随着采访的深入，我们渐渐意识到这样一个现实：家人的存在已成为一道"屏障"，阻碍了受助人接受应有的援助。

常见的案例有，儿子依靠母亲的养老金生活，也不打算找工作。站在援助老年人的角度而言，这样的家庭需要引入看护服务，通过使用老年人的养老金来接受看护服务，并以此改善老年人的生活状况。但是，对于案例中的母亲而言，不论岁月如何变迁，儿子始终是儿子。为了确保孩子的生活，自己尽可能地节省，很多情况下，此类案例中的母亲都会拒绝使用看护服务。她们还会表示，"孩子找不到工作，也是自己当时的教育方法导致的"，把所有的过错都归结在自己身上，为了儿子而牺牲自己的生活。为这一类案例提供援助的时候，无论援助方如何努力，工作也很难顺利推进。

同时，在很多案例中，没有工作的子女往往已陷入"茧居"的状态。在采访某户人家的时候我们得知，这家的儿子今年四十多岁，已经二十多年闭门不出了。究其原因，还要归结于当时毕业找工作的时候，他屡次遭到拒绝。他曾多次想要找一份派遣工作并好好努力，但是在不断的面试过程中，他逐渐丧失自信，也不愿继续找工作了。他闭门不出之后，所有的生活费用都是父母支付的。在采访过程中我们发现，如此这般闭门不出的中老年子女与年迈的父母共同生活的家庭并不少见。正因为是多年来难以解决的家庭问题，他们往往认为"这是家庭内部问题，不想与他人谈起"，便不会向周围的人寻求帮助。

长年共处的亲子关系也会将问题复杂化。"当时没有让孩子好好接受教育""孩子已经在精神上绝望了，没能给予孩子足够的支持"，作为父母总会有诸如这般的后悔之情，对于周围援助的话语也充耳不闻。因此，虽然这样的家庭面临着"两代人两败俱伤"的巨大风险，周围的人却难以发现问题，也无法提供援助。

在这种情况下，为应对类似铃木先生所遇到的性命攸关的紧急事态，援助方也会建议受助对象接受"家庭分离"的举措。以现状而言，要提供经济援助的话，除此之外别无他法。在各自治体中，也有不少让受助家庭在保持同住的状态下，运用各种制度办理"家庭分离"的程序，为其提供援助的案例，但是更多的情况下，是不得不让家人分开生活。

除了"家庭分离"以外，目前还没有更好的方法能够为受助对象提供稳定的生活。对于期望共同生活的家庭而言，这是他们不得不面对的严峻现实。如今"两代人两败俱伤"的危机正愈发常见，现有制度的局限性也逐渐暴露。

在过去的日本，与"家人"共同生活可谓是晚年生活的保障。目前为止，在我们的社会中，晚年生活所需的居住、生活、看护等各种保障机能，大多是家人无私给予的。

但如今，家人间的关系不再紧密、工作环境发生巨大变化、医疗及看护负担持续增加，谁能代替家人来为老年人提供"晚年生活的保障"呢？

我们必须正视"两代人两败俱伤"的现实，也必须意识到，在目前的形势下，老年人已无法向家人寻求晚年生活的保障，在此基础上，我们必须摸索出新的援助方式，为老年人的晚年生活提供支持。

"生活困难者自立援助制度"

在目前日本的社会保障制度中，与老年人相比，为身为劳动主力军的中青年人群提供的援助较少。但是，在接受生活保护的人群中，六十五岁以下的受助者数量正在增加。有些人因失业而陷入"茧居"的状态，有些人难以就业，还有些人因抑郁症等精神疾病导致长期停职、难以重返职场，上述诸多情况都会导致这部分人群失去收入，难以自立生活，这一现象也是导致六十五岁以下受助者数量增加的原因之一。在受助者失业后，越快予以就业援助，其重新就业的可能性也就越高。给予失业者的援助手段包括通过雇用保险提供的失业补助等经济援助。但是为中老年劳动者提供的再就业援助手段匮乏，为弥补这一短板，国家正推出各种各样的政策。

其中之一便是国家于2015年度开始实施的"生活困难者自立援助制度"。在劳动者面临低收入、失业等经济困境的时候，在他们接受生活保护之前，该制度会为其提供必要援助，帮助其实现自立。

在各自治体中，均设立了咨询窗口，询问来访者"因何而感到困扰？"并积极听取来访者的情况。针对寻找工作的人群，予以"就业援助"；针对难以支付房租的人群，为其进行"公营住宅的介绍"；针对因医疗费用而困扰的人群，推荐其前往"支付减免制度的介绍窗口"，等等。

提供援助的工作人员中包括社工及咨询师等，若需要办理法律上的手续，还能向律师咨询。目前的援助方式旨在集合各领域专业人士的力量，共同解决难题。

咨询内容不仅局限于工作上的烦恼，同时还包括离婚、家庭暴力等家庭关系问题以及债务问题等生活的方方面面，多数咨询者都是一人面临数种问题。对于这样的咨询者，工作人员会齐心协力将各个问题与相关领域的专家联系起来，谋求解决的方案。

在咨询者因失去收入而即将失去租住的房屋等紧急情况下，工作人员还会利用限期内支付房租额度的制度，为受助者争取一定的时间宽裕，积极寻找再就业岗位，竭力解决问题。

我们也曾前往大田区取材。东京都内的大田区正为解决生活困难者的问题而积极推出各种政策方案。与札幌市的咨询窗口一样，大田区也设置了许多咨询隔间，咨询者能够在单独的隔间内向工作人员倾诉自己的烦恼。在咨询室旁，还有用于召开就业讲座的房间。我们采访当天，那里正在举办面向初学者的电脑教学活动。参加者人数不到十名，其中有两名不会使用电脑的中老年男性。老师认真地教授初学者们如何使用键盘。类似的讲座均是免费的。

通过这类活动，举办方不仅希望参与者能够学会使用电脑，对其就业产生积极影响，更希望参与者能够为此走出家门，摆脱"茧居"状态，养成定期外出的习惯。在步入中老年后，求职者常常在面试中遭到用人单位的拒绝，最终自尊心受伤，不敢再迈出求职的脚步。针对这样的人群，举办方希望能够尽可能防止其陷入"茧居"的状态。在向自治体的负责人询问后我们得知："越来越多的案例显示，仅仅只为咨询者介绍工作是很难帮助他们重新就业、恢复自立生活的。"举例来说，工作人员在询问了咨询者所说的"无法找到工作"背后的具体缘由后发现，其中还存在为看护年迈的父母而难以长时间工作的问题。在另一案例中，在进一步了解咨询者所述的生活困窘的问题后发现另有隐情，咨询者为归还债务，才会手头毫无结余。如此这般，在逐一倾听咨询者的各种问题的过程中，为解决这些问题，援助者一边鼓励咨询者重新开始工作，一边以此为目标为其提供援助，这样才能真正帮助其实现自立。入田区的负责人强调，要想预防中老年失业者的"茧居"问题，眼下迫切需要解决问题的具体对策。

强化为照顾着父母的子女们，尤其是照顾着年迈父母的中老年子女们提供劳动就业方面的援助措施，正是预防"两代人两败俱伤"的关键，社会正积极探讨合理的解决方案。

为预防"两代人两败俱伤"的现象

如前所述，在部分案例中，"两代人两败俱伤"的危机

"周围人很难把握，并且当事人也认为'是家庭内部问题'，不向他人发出求救信号"。因此，当周围人意识到有必要提供援助的时候，往往已经问题严重，难以避免"两败俱伤"的局面了。如何在早期就发现问题并积极提供援助呢？这实属一个难题。

外人要介入家庭内部问题本非易事，但是为了预防"两代人两败俱伤"的局面，近乎于"多管闲事"的积极干预也是不可或缺的。

为跨越这道名为家人的"屏障"，实施干预并提供支援，"地区的力量"是必不可少的。第一步是如何发现存在风险的家庭。有些地区能够统筹当地的各种力量，通过促进合作解决这个问题，但这是一件大工程。仅仅依靠偶尔的家访很难发现一度分开居住的两代人又住到了一起。如果周围的人留意到某户人家生活状态有了变化，比如进出人员、修整庭园的风格明显与往日不同了，又比如吵闹声变多了、大批采购食物了，并将这些情况与地区综合援助中心的工作人员分享，那么援助者就能前往目标家庭进行家访，也就能在早期阶段预防"两代人两败俱伤"局面的出现。

但是，不少人在身体健康时可能会觉得，像上文所述的那样和周围人产生联系是一种"麻烦"。即便生活上存有困难，但为了"守护家人"，一些人也不愿让外人了解家庭内部的情况。然而，人与人之间的联系本来就是"麻烦"的。也许只有在克服了这种麻烦之后，才能真正地建立起联系。（当然，人也有不想与他人建立过多联系的自由。）正是在地区上的人们越来越关心"闲事"的过程中，才能形成一股力量，预先发现"两代人两败俱伤"的危机，及时阻止事态进一步恶化。不仅是"两代人两败俱伤"，有不少地区也通过凝聚"地区的力量"来预防其他的家庭孤立问题。通过这样的行动，援助政策将得以渐渐覆盖到现如今无人知晓、无人插手的"援助难以触及的两代人同住家庭"，这样的未来值得期待。人与人之间的距离感正在逐渐改变。

两代人同住的家庭中，无论是父母还是子女，年龄都在渐渐增长，全家人都面临着"两败俱伤"的危机，这样的案例逐渐涌现。现今若不及时完善针对中老年子女的援助政策的话，因"两代人两败俱伤"引起的"老后破产"将由父母波及到子女，形成代际传递，问题将会进一步恶化。为完全切断"老后破产"所造成的代际传递，社会正迫切地寻求切实合理的对策。

第五章
就业引发的"日间独居"问题

老年人的"日间独居"

对于从事非正式工作的子女而言，自身收入不足的情况下只能依靠父母的养老金生活。然而，当养老金也不够用的时候，作为尚有劳动力的一代，子女们就不得不拼命赚钱了。在不少家庭中，子女既需要承担看护父母的重任，还需要兼顾自己的工作。但是，子女由于工作而长时间不在家的时候，就产生了父母独自在家、无人照顾的空当。这便是在此前的案例中屡见不鲜的"日间独居"问题。并且，不同于独居的老年人，与家人同住的老年人无法成为受关怀的对象，也难以接受援助，因而他们所面临的问题也更容易变得越来越严重。为老年人提供援助的地区综合援助中心及上门看护站等都认为，存在"日间独居"情况的家庭中，即使老年人与子女同住，他们也与独居老人一样，需要得到援助。

一方面，存在"日间独居"情况的家庭中，大部分子女对于因自身工作而使父母独自在家感到内疚，另一方面，他们还是不得不为了生活而继续工作。父母也深知子女是为生计而工作，所以即便生活上遇到不便或心理上存在不安，也难以说出口。这些中老年子女在下班回家后还必须承担看护重任，大多数人都面临着"两代人两败俱伤"的危机，因不知何时会彻底崩溃而诚惶诚恐。在对某户家庭采访的过程中我们发现，现实的残酷在于"即便不断工作，还是得面对不知何时是尽头的看护生活，不知何时也许就'两败俱伤'"。

家人与老年人间的问题愈发难以被发现

在为老年人提供看护服务等援助举措的工作一线，从业者正全身心致力于为数量激增的独居老人群体提供切实的援助对策。国家的调查显示，独居老人的数量已超过600万人。独居老人即使身体状况突然发生异常，也无法自主求救，可能会导致病情恶化，甚至引发生命危险，在周围人毫无察觉的情况下独自死去，这样的案例正在不断增加，现已成为一个社会问题。为预防这种悲剧的发生，针对独居老人或是仅有老年人生活的家庭（高龄夫妇、高龄兄弟姐妹等），自治体及地区综合援助中心正开展"关怀活动"，通过家访听取他们所面临的切实问题。

横滨市鹤见区的"潮田看护援助中心"正为预防老年人的孤立问题积极采取对策。该中心为此地区近300名老年人的家庭提供援助，每位看护援助专员需要负责30名老年人。由于看护援助专员的工作需要遍及生活的方方面面，工作的繁重程度不言而喻。看护援助专员需要考虑所负责的老年人的身体状况、病情、痴呆症的严重程度等各种方面，判定其需要接受怎样的看护服务，制定看护方案。以一周为单位，将进食、洗浴、打扫、日间看护等服务进行组合，以老年人能继续在自家生活为目标开展援助。

在该地区接受服务的300名老年人中，有200名正与家人同住。但是，即便与家人同住，不少人大多数时间仍是独自度过的。看护援助中心负责人佐佐木千春表示，越来越多的案例显示，要为与家人同住的老年人提供援助并非易事。

"在很多案例中，老年人即便与家人同住，看护援助专员家访后也会建议其使用合适的洗浴等上门看护服务。但是，这些老年人与家人住在一起，看护服务产生的费用会给家人增添负担，因而有不少老年人会选择不接受服务。这样一来子女们便不得不尽全力承担父母的看护工作，看护成了一件沉重的负担，若家人难以应付，状况一再恶化的话，甚至会引发虐待等极端情况。但是在这种情况下，我们也很难强行安排其接受看护服务。"

据悉，最近越来越多的家庭由于经济原因而放弃使用看护服务。在父母卧床不起等情况下，随着需要护理程度上升，看护花费也会相应增加。对于父母需要随时照顾、自身难以兼顾工作的人群而言，看护服务产生的负担也增大了。若要延长接受服务的时间，那就不得不延长自身工作的时间，但这样一来，亲自看护父母的时间也就缩短了。

子女们就在这样左右为难的局面中，一边做着艰难的选择，一边继续与父母同住生活。

如今，每年因看护而离职的人达到了10万人，"两代人两败俱伤"的现实对任何人来说都不再是与己无关的。因看护父母而离职的话就会失去收入，面临"两败俱伤"的危机，重新开始工作、赚取收入后，又会引发"日间独居"问题。面临这样难以抉择的局面时，有这样一户家庭，决定选择工作并直面"日间独居"问题，我们对其进行了采访。

我们拜访了由潮田看护援助中心负责的田中家（化名）。田中家所居住的独栋住宅位于住宅街的一角，祖孙三代人共同居住于此，女儿一边工作一边看护着七十六岁的母亲。她同时还要抚养自己小学三年级的孩子，每天都处于手忙脚乱的状态。据负责的看护援助专员介绍，田中家的老母亲富子女士（化名）需要的护理程度为三级。富子女士依靠步行器或拐杖能够自主行走，但是由于她患有痴呆症，且伴有外出游荡的症状，需要时刻有人在身旁看护。现在，富子女士在自家接受每周三次、每次一小时的看护服务。

我们初次拜访田中家的时候，迎接我们的是女儿田中好子（化名）。她给人的第一印象充满了活力。我们完全没有感到她已经年过五十，好子看上去很年轻，满面笑容。

"你们是要采访我吗？"好子边说着，边带着我们前往客厅。在客厅旁的房间内，好子的母亲富子正坐在床上。面对我们的突然到访，富子表情开朗地向我们打着招呼道：

"你们好。"

"我们想向您了解一下，一边看护母亲，一边工作，这样的生活在哪些方面最让您感到辛苦呢？"

话刚说出口，还没等我们问完，好子便叠声"嗯嗯嗯"，急切地打开话匣子，诉说起自己的故事。

"母亲的痴呆症症状目前虽已大幅趋稳，但是大约两年前刚确诊的时候，一不留神她就会出走，有时还会发出大声响，那时候她的身边真的是一刻都不能离人。但是，我还有孩子，为了孩子的将来我也不能辞去工作啊。现在我出去工作的时候，也无时无刻不牵挂着母亲。"

为了补贴家用，好子同时打着好几份工。她每天三点钟起床，早晨天还没亮的时候就要赶去配送晨报。配送结束，七点钟的时候她赶回家，为孩子和母亲制作早餐。把孩子送到学校后，她再赶往超市打下一份工。她会在超市打四小时的零工，下午三点过后她再度回家，看护母亲。连坐下来好好休息的闲暇都没有，她接着还要赶去配送晚报。回到家后继续料理晚餐。直到上床睡觉的那一刻，好子每天都忙得脚不沾地。好子甚至时常觉得这样的生活几乎要摧垮自己的身体，但无奈日子还得一天一天地继续过下去。她这么拼命工作也是有原因的，那就是为了还房屋贷款。为了归还当时为建造两代人共同居住的房屋所借的钱，每月的还款额度超过20万日元，现在生活费的一部分还需要依靠母亲的养老金。好子觉得，就算现在再苦再累，早日将贷款还清，就能不再依靠母亲的养老金生活了。

"我想趁着自己身体状况还行的时候，尽可能地多做一些工作。母亲年纪再上去，可能还会出现无法独自行走、独自进食等情况，到时候我也许就不得不辞去工作，陪伴在母亲身边照顾她了。毕竟意外随时有可能发生啊。为了那一天的到来，我现在想尽可能地多多工作，存下一些积蓄以备将来之需。"

话虽如此，好子超负荷工作，旁人看着也感到担心。但好子是个足够坚强的人，她的坚强甚至能给旁人带来巨大的力量。可即使是这样的好子，在说到父亲的时候，还是忍不住流下了泪水。

在自己因工作而外出时离世的父亲

在客厅隔壁的母亲富子的房间内，床边有一处佛龛。佛龛内摆放着好子的父亲、富子的丈夫康男先生（化名）的遗像。康男先生生前是个心系家庭的人，在好子生下孩子后，他分外高兴，把疼爱孙子当成了自己的使命。然而，三年前，康男先生却因脑梗死病倒了。病发前的康男先生身体健康、精神矍铄，但病倒后，他不再具有独自生活的能力，一家人的生活也发生了剧变。

康男先生因脑梗死紧急入院接受治疗，当他重新恢复意识的时候，已无法自主起身、翻身，完全成了卧床不起的状态。他能够对他人的言语有所反应，但没法说出话来。看着这样的父亲，好子下定决心"振作起来，好好照顾父亲"。

但是，随着父亲出院的日子临近，好子内心的不安逐渐扩大，她不确定自己能否在家看护好父亲。康男先生处于卧床不起的状态，身体几乎无法行动，进食也只能用管饲法通过管道摄取。不仅如此，每隔几小时还需要为他翻身、吸痰等，这样的工作仅仅依靠家人是难以完成的。在"入住疗养型医院继续接受治疗，还是在自家进行看护"这两者之间，好子始终犹豫不决、难以抉择。最终，她打定了主意，考虑到父亲的身体状况，还是入住疗养型医院更为合适。

但是，她很快便意识到入住疗养型医院这条路是行不通的。在向医院的社工咨询的时候，好子被告知"每月需要花费近20万日元"。现在全家的收入在支付完房屋按揭及孩子的教育费用后就已所剩无几了，每月还要再拿出20万日元的医疗费用，根本是不可能的。

"在被告知每月需要花费近20万日元的时候，我真的感到眼前一片黑暗。不管我怎么努力，都是不可能实现的啊。而且也不知道父亲的状况什么时候能有所好转，不知道他到底需要住多久的院。如果有个预期的恢复时间的话，还能坚持着想办法支付费用，但是以父亲当时的状况，需要的看护是没有尽头的。因为不知道这笔支出究竟需要承担多久，所以没法选择让父亲入住疗养型医院。我也下定了决心，让父亲在他最爱的家中接受看护。"

为了在自家看护父亲，好子租借了看护用床，并学习了吸痰的方法，做了各种看护的准备工作。潮田看护援助中心的看护援助专员频繁地拜访田中家，制订计划，将上门看护等各种服务结合起来，并引入了紧急时候的通知体系，作了周全的准备。

终于，康男先生迎来了出院的日子，他回到了自己的家。不久，好子被始料未及的看护之艰难打倒了。为支付父亲的医疗及看护费用，好子不得不选择继续工作，她比之前更努力地超负荷工作着。在配送晨报和晚报的同时，日间还要看护父亲，并且在深夜还要继续打工。在自己白天外出的时候，患有痴呆症的母亲与卧床不起的父亲就得独自在家，于是，好子为了充分利用父母睡觉的时间，决定开始在夜间工作。当她因配送晨报及晚报不在家的时候，上门看护的护工会各来一小时进行看护。但是即便如此，一天中还是会有几个小时父母是独自在家的。

"如果我辞去工作的话，一家人的日子可能都过不下去了。我还有孩子，真的不想看到这种情况发生。我努力一点的话总能有办法解决的。我也想好好努力工作啊，但当时的状况真的很艰难。我没想到会是这般艰难。"

当时的好子几乎没法好好睡觉，在体力上和心理上都已濒临崩溃的边缘。就在这样的生活持续了近一个月的时候，发生了一件事。

那天好子和往常一样，正做着配送晚报的准备工作。"我去去就回哦。"好子边说着，边查看父亲康男先生的情况，只见他与往常一样，表情安稳地躺着。但是，在她开始配送后不久，手机铃声响起。

"您父亲好像发病了，赶快回家来吧。"

收到护工的通知后，好子急急忙忙地赶回家中。但为时已晚。眼前的父亲已停止了呼吸。

"我出门的时候父亲还好好的，和往常一样，所以我才安心地离开，未曾想回到家来，父亲竟已冰凉……"

好子的眼中溢出大颗大颗的泪珠。她表示，一想到父亲的死，就自责不已。

好子至今难忘这样一个场景。在她因居家看护还是入住机构而烦恼的时候，她向父亲询问道："你想回家吗？"父亲重重地点了点头。在建造两代人共住的房屋之时，父亲就比谁都想和孙子、和家人住在一起，享受与家人共度的时光。直到生命的最后一刻，父亲都待在自己家中，他会因此而欣慰的吧？这个问题始终徘徊在好子的心中，但已经永远无法得到解答。

一边工作一边看护家人的烦恼

兼顾工作与看护，这背后的艰辛及其所带来的巨大负担，难以用只言片语来概括。即使对于拥有看护休假制度的正式员工而言，一边工作一边看护也会带来负担，对于没法休假的兼职员工或是临时员工而言，这种负担更为沉重。虽然可以选择"辞去工作，专心看护"，但这样一来就会失去收入，因而并不可行。

也有人选择一边使用上门护工、日间看护中心、短期入住机构等看护服务，一边继续工作。但是，如果因支付看护服务的费用而经济窘迫的话，又不得不减少工作时间、亲自看护了。这样一来，收入进一步减少，陷入了恶性循环。

国家公布了旨在达成"零看护离职"的方针政策。为实现这一目标，对于一边工作一边看护的家庭，需要让其更方便地使用看护服务，同时完善休假制度，为其提供多方面的援助手段。

　　潮田看护援助中心所负责的"与家人同住的老年人家庭"共计200户，其中显著的问题是"虽然想要接受看护服务，但是由于生活窘迫，只能按自身经济条件，接受有限的服务"，这样的家庭正急剧增加。这些家庭距离"两代人两败俱伤"的危机仅寸步之遥，在我们迄今为止的采访中就已可见一斑。这次我们请援助中心为我们介绍了其中一户家庭。

　　为居家看护提供援助的"潮田护工站"负责该家庭的专员提供上门看护服务的时候，我们与其一道前往。我们要拜访的是居住于横滨市一处公寓内的桥本父子（化名）。我们随即抵达了父子俩所居住的两层公寓楼的一楼。"您好。"我们在门外打着招呼，敲了敲门，不多会儿门就开了。

　　"你们好。家里很小，请进。"

　　迎接我们的是四十七岁的儿子浩二（化名）。父子俩所住的公寓内有两间约六叠的房间，家中摆满了各种家具。进入玄关后，眼前便是厨房，面向厨房的房间内摆着看护用床。床上躺着的正是八十三岁的父亲刚先生（化名）。

　　"您好。"我们向刚先生打着招呼，只见他从被窝中露出脸来，也向我们打了招呼。据儿子浩二介绍，一天中的大多数时间，父亲都是在床上度过的。在共分为5级的需要护理程度分级中，刚先生属于程度较重的第三位"护理3级"。刚先生能够依靠支撑站立，也可以完成独自上厕所等动作，但像购物之类需要独自外出的行动，他就做不到了。洗浴、准备餐食等生活上的事他也没法一个人完成。

在被家具填满的家中，唯一的空隙便是刚先生看护床边的空间。此处好不容易能容得二人坐下身来，我们与浩二面对面坐着，询问起他的生活。

"一边看护一边工作的生活很辛苦吧。"

"经济上的问题是最严峻的。我出门工作的时候，因为担心父亲，也想把他送到日间看护中心去，或是增加护工上门帮忙照顾的时间，但我没办法支付更多的费用了。我也可以辞去工作亲自照顾父亲，但是这样一来的话连生活都没法维持了。"

浩二是警卫公司的合同工。虽然公司有看护休假制度，但是休假的话收入就会减少，所以他没法请假。警卫的工作时间并不规律，经常会有值班、夜班或是出差，有时不得不让父亲长时间独自在家。

"有一次我值班不在家的时候，父亲在去卫生间的途中倒在了走廊上。他一旦摔倒就没法自主起身，所以直到我回家为止，父亲只好孤零零地躺在地上。从这件事中我意识到，就算发生意外，父亲也没法自主求助，那次以后我便一直深感不安。"

对于父亲刚先生而言，从床步行到卫生间短短几米的距离，也是艰难不已。从床上坐起身后，他需要倚靠着床栏站立，随后两手扶着墙，慢慢地移动到卫生间。刚先生摔倒的那一天，浩二正在值班，晚上没能回家。刚先生在半夜上厕所的途中摔倒后，就一直倒在地上，身体无法动弹。那时候没有发生危及生命的事已是不幸中的大幸。在浩二值班的夜晚，夏天的时候他会担心父亲中暑，寒冬的时候又会担心父亲突然病发。

　　浩二外出工作不在家的时候，刚先生会接受每周两次的日间看护服务以及每周四次、每次一小时的上门看护服务（图6　桥本先生的看护方案）。上述服务的花费为每月2.6万日元，这一支付额度已是浩二所能承担的上限了。如果经济上更宽裕的话，以刚先生目前的身体状况，每周接受日间看护服务的次数应该由两次增加到三次，并且还应增加上门看护的时间。可由于桥本家的经济条件并不宽裕，

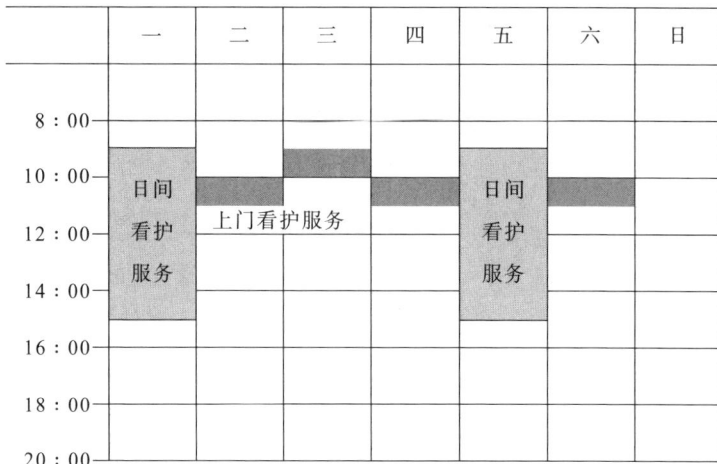

图6　桥本先生的看护方案

*日间看护时间为9：00～15：00，上门看护为1小时。

没法增加看护服务。如果增加看护服务的话，就能减少刚先生独自在家的时间。但若要增加看护服务，就必须增加收入，那么浩二只能延长工作时间，结果又会导致刚先生独自在家的时间变长。现实仿佛是一个没有出口的迷宫，身在其中的人找不到缓解现状的线索。

因"单身看护"而身心俱疲的儿子

浩二的母亲佐知子（化名）于四年前病逝。浩二和父亲现在会面临生活上的窘境，原因之一就是此前长期看护母亲。

高中毕业后，浩二于一家车床工厂从事正式员工的工作。但是，在他四十岁的时候公司倒闭了。此前，浩二的月收入近30万日元，生活从没感到困难，但是四十岁过后要找新工作就不是那么简单的事了。最终，浩二来到一家工厂以派遣员工的身份开始工作。那时候，母亲佐知子因为身体原因反复进出医院。作为派遣员工的浩二很难在母亲每次住院、出院的时候获得休假，最终他不得已辞去了工作。这便是所谓的"看护离职"。浩二失去了收入后，母亲又入住了综合医院。不巧的是，当时大间病房已经人满了，无奈只能入住单间。每天所要花费的单间费用再加上医疗开销，使得经济负担一再加重。

在不停往返于医院的过程中，两年时间过去了，佐知子始终与病魔抗争，最终还是撒手人寰。直到温柔善良的母亲生命的最后一刻，浩二不离左右，耐心照顾着她。为了好好地送别挚爱的母亲，浩二为母亲举办了葬礼等身后事，这又是一笔不菲的开销。

母亲的医疗及看护费用无从节省，母亲去世时浩二已经背负了近200万日元的债务。至今浩二还在努力偿还着这笔钱。作为警卫公司的合同工，浩二的月收入为17万日元，扣除房租及还款额几乎所剩无几。

在老年人福利工作的一线，像浩二这样独自照顾父母的情况被称为"单身看护"。过去，父母的看护可以由子女、配偶、兄弟等家人帮忙分担，从而减轻每个人的负担。但是，现在的家庭中兄弟姐妹不多，还有不少中老年人因未婚或离婚而未与家人共同生活，独自看护父母的"单身看护"现象日益普遍。浩二就是一个典型的例子。看护这件事不仅会带来经济负担，还会带来体力上的负担。"单身看护"现象的普遍化是使得"日间独居"老年人增加的主要原因之一，同时也易增加"老后破产"的风险。

"不陪同父亲去医院的话……"

在开始对桥本先生采访几周后，父亲刚先生因白内障需入院接受治疗。刚先生外出必须依靠轮椅，接送他往返于医院的任务就落在了儿子浩二身上。一般的流程是这样的，浩二抱着父亲离开床，慢慢地走到玄关外准备好的轮椅上；父亲坐上轮椅后，浩二便推着轮椅来到汽车旁；接着要把父亲从轮椅上转移到车上，又是一件艰巨的任务。

其实，接送父亲往返于医院的工作也可请护工帮忙，但是这样一来又需要额外的花费。桥本家经济并不宽裕，于是在需要接送父亲往返于医院的时候，浩二只能停下手里的工作。在无法请假的时候，浩二会在值完夜班、一早回到家后，舍弃睡眠时间，立刻陪同父亲前往医院。

到了医院后，办理住院手续需要在窗口缴纳住院费用3万日元。加上还有每月的医疗费用，这一突然的支出成了巨大的负担。并且，因为父亲住院，浩二不得不暂停工作，这样一来收入也随之减少，对生活费产生不小的影响。

"在需要陪同父亲前往医院的日子里，我必须放下手头的工作。日薪的额度是一定的，减少工作天数的话相应的收入也会减少。目前正需要花医疗费，收入却减少了。而且如果想要请护工或其他人帮忙的话还需要额外的花费。真的很艰难啊。"

白内障手术顺利结束后，刚先生于两天后出了院。那一天接他出院的，还是浩二。出院后，刚先生接受手术的眼睛一天得点三次眼药水。浩二会在工作前为父亲点一次，回到家后立刻再点一次。剩下的一次就交由护工完成，但浩二还是想尽可能地亲自完成父亲的看护任务。

浩二先生现在内心最担忧的是，今后父亲的身体状况进一步恶化之时，自己是否还能一边维持目前的生活，一边兼顾父亲的看护。现在，就算浩二不在家，父亲还是能够勉强靠自己的力量去卫生间，也能自主进食。但是今后，万一父亲患上了什么疾病，或是卧床不起、生活无法自理，该怎么办呢？浩二感到担忧不已。负担继续增加的话，能否避免"两败俱伤"的局面呢？不安的愁云笼罩在浩二的心头，挥之不去。

"我最感到担心的便是将来的生活了。目前，父亲生活的一部分还能自理，因此我还能外出工作、赚钱养家，今后他的状况要是继续恶化，我可能就不得不辞去工作了。这样一来，收入就一落千丈，仅靠父亲的养老金的话，甚至还不足以支付房租。我们父子俩还能在这个家里生活多久呢？我真的深感不安。"

每天，浩二下班回家的路上都会为父亲购买食材。但是，为尽可能节约开支，他自己的餐食都是靠百元商店购买的速食咖喱解决。为补贴家用，浩二有时会连续上夜班或是值班，他已无暇顾及自己的身体了。可是，二十年以后，浩二也将迎来自己的晚年生活。"两代人两败俱伤"成了结构性的课题，"老后破产"的代际传递是否会持续下去，这一严峻的问题值得每个人深思。过去，浩二想要从事正式工作、赚取稳定的收入。但是现在已不同往日了。正因为浩二在从事着以小时计算的工作，他才能根据父亲的身体情况，合理安排工作和休息时间。如今有越来越多有看护需求的父母与"单身看护"的子女相互陪伴、共同生活。为守护他们的生活，我们有必要好好考虑切实有效的解决方案了。团块世代已步入晚年，从事非正式工作的团块世代的子女们能否支撑起父母的生活？我们还需要认识到，这样的事例可能会急剧增长。为了让家人间互相扶持、共同生活的家庭不再陷入"两败俱伤"的境地，在完善制度的同时，我们的社会又能为他们做些什么？这个问题值得所有人思考。

"家务援助"看护服务的盲点

为了能一边工作一边看护，许多人正在积极使用公共看护服务。在子女工作期间，护工会代替家人提供看护服务，包括餐食准备、洗浴辅助等。但是，与没有家人依靠的独居老人相比，与家人同住的老年人更难利用看护服务，诸如打扫卫生、购物、餐食准备等"家务援助"服务，制度上往往认为与老人同住的家人是能够完成的。当独居老人几乎处于完全卧床不起的状况时，会被认定为难以购物、打扫卫生，便可以接受完善的"家务援助"服务。当然，即使与家人同住，若处于家人长时间不在家的"日间独居"状态，也能够接受"家务援助"服务，但如果不是上述情况的话，在严重人手不足的看护工作一线，独居老人原则上能够接受"家务援助"服务，与家人同住的老人就很难被照顾到了。虽然判断同住的家人是否具备做家务的能力有一定难度，但现实便是如此。

作为具备看护一线工作经验的看护援助专员，淑德大学社会福利专业教授结城康博表示，由于看护一线严重人手不足且工作繁忙，现实情况下难以将"家务援助"服务引入与家人同住的老年人家庭。更加严重的是，虽然在不同的自治体内情况略有不同，但老年人与家人同住会被认定为几乎无法使用"家务援助"服务，这已经成了一个问题。有必要指出，老年人即使与家人同住，也是有接受"家务援助"的需要的，在将"家务援助"加入看护计划之前，应当详细了解具体情况，询问为何其家人无法完成家务，比如他们每周工作几天、工作时段为早上几点到晚上几点等。需要结合每个家庭的不同状况，制订计划，让老人接受程度合适的"家务援助"服务。结城教授的分析指出，每名看护援助专员需要负责众多老年人家庭，难以应付过多的工作任务，这也是目前"家务援助"服务未能落实到每户人家的一个重要原因。

"地方上也要为预防'两代人两败俱伤'作出努力！"

"日间独居"的问题浮出水面之后，也有些地方开始采取措施积极应对。在埼玉县的东部，作为东京通勤圈而进行住宅开发的幸手市便是其中之一。根据调查结果显示，在幸手市两代人同住家庭中，老年人处于"日间独居"状态的家庭正急速增长。为此，地方上所有组织携起手来，推行新的解决对策。

其中之一便是"幸福帮忙小队"。打扫卫生、倒垃圾、购物等看护保险服务内所包含的服务将由志愿者们收取低廉的费用完成。即便是与家人同住的老年人，独自在家时若有需要帮忙的家务，也能使用这项服务。没有申请使用看护服务、偶尔需要人帮忙购物的老年人也能轻松使用，因此这项服务的使用者逐渐增多，目前已有超多300人注册登记。

使用者每次需要支付350日元，而提供帮助的志愿者每次能够得到价值250日元的地方现金券，也就是在当地的商店街使用的商品券。剩下的100日元将作为该制度的运营费用，因为这并不是一次性的服务，工作人员还会为注册者提供其他关怀服务。

渡边登代子女士目前正与儿子同住，所以没有接受看护服务。她是"幸福帮忙小队"服务的忠实用户。渡边女士的儿子每天从早晨工作到深夜，白天相当长的时间她都是独自一人度过的。在我们取材的时候，渡边女士并未使用看护服务，白天的时候很少有人拜访她家。盛夏的一天，渡边女士独自在家，突然感到身体不适，无法站立。此后她便开始使用"幸福帮忙小队"服务。因为无法搬运重物，渡边女士会使用跑腿购物等服务。事实上，对于渡边女士而言，比起跑腿购物，更让她感到受用的是志愿者能够定期前来查看自己的状况。虽然志愿者也居住在附近，但此前并未有交流。然而，以使用服务为契机，她与志愿者变得更亲近了，志愿者还会在遛狗的时候顺道来与她打招呼。

"能帮我去买东西真是帮了大忙了，而且我也很高兴能借此机会与邻居们建立更亲密的联系。以前我都是一个人在家，内心有很多不安，但是现在志愿者时常会到我家来，我感到很安心。"

这一举措的重点之一便是，提供援助的志愿者也是老年人群。此举不仅能够唤醒地方上沉睡已久的凝聚力，通过志愿者活动，建立区域内人与人之间的联系，还能为预防个人的孤立化贡献力量。

仅仅依靠家人的力量难以为老年人的生活提供全方位的支持，看护服务也存在一定的局限性，幸手市所采取的鼓励地方上全体居民互相帮助、互相支持的举措受到了全国范围内的关注。

　　通过这一举措，也许能够实现老年人想在熟悉的地区继续生活的心愿。这次取材让我们看到了对未来的希望。

　　现在，我们在幸手市开始了新的取材工作。将为老年人的生活提供支持作为目标，幸手市目前正在开展针对老年人家庭实情的细致调查，在这个过程中又浮现出了新的课题。

　　那就是团块世代所面临的问题。为调查"两代人两败俱伤"的危机，开展上门调查的结果显示，团块世代（六十五岁至六十九岁）人群正背负着看护八十五岁以上父母的重担，这样的家庭不在少数。他们自身也已经是老年人了，却还要承担父母的看护任务。团块世代的子女一代则经历了战后就业形势最为严峻的时期，他们也被称为冰河期世代，很多人至今还从事着非正式工作，无法获得稳定的收入。年过四十五岁的他们仍旧无法自立，还要依靠父母生活，这一现实是团块世代所面临的另一个危机。同时面临着两重危机的他们，即使养老金相对较多，也无法避免"老后破产"的风险。

　　团块世代约占日本总人口的5.5%，数量达到了664万人，他们所面临的危机，从人数上来说影响范围广，是会使得日本社会整体产生动荡的严重问题。只要是日本人，就没法说出"自己和家人并未受影响，这件事与我们无关"这样的话。

　　"两代人两败俱伤"也许会影响整整三代人的生活，形成代际传递，成为"团块世代"的课题。我们现在正以此为题，开始新的取材工作。

结语

2015年2月，当时我正在NHK札幌电视台工作，为本书撰写前言的岭洋一与NHK特别节目《老后破产》的制片人板垣淑子给我打来了电话。

"我们目前正在策划《老后破产》的续集，主题是'两代人两败俱伤'。事实上在札幌郊外的住宅区，连续传出值得留意的消息。非正式雇佣及'看护离职'的问题已相当严重。我们一起去取材如何？"

我立刻将三隅吾朗导演也纳入了取材组，开始了取材工作。听闻"两代人两败俱伤"这一主题，我的脑海中立刻浮现起了这样一起事件，在雷曼事件①之后，这起事件给我留下了很深刻的印象。

正好是十年前的时候，我制作了NHK特别节目《丰田向世界第一迈进的条件 世界性企业的奋斗》。当时日本的制造业乘着美国经济景气的形势，在增产的同时雇用了许多非正式员工。但是在两年后，雷曼事件爆发，失去工作的非正式员工的问题也浮出水面。2008年年底"跨年派遣村"②的新闻被大肆报道。在他们中有许多处于三十五岁至四十五岁这一年龄段的人。

2010年的时候，我高中时代的好友原本在东京外资企业工作，为看护年迈的父母，他从全职正式员工转为了合同工。友人在离婚后，把母亲接到身边一起生活，还建了新房子。此后，看护负担加重，不久他便无奈辞去了工作。不知他家新建的房屋还清贷款了吗……

干着非正式工作的同时，自身年龄渐长，又或是因为什么特殊情况而从正式员工变成了非正式员工，此后就算再怎么想努力成为正式员工，父母的看护问题也会成为一道屏障……原本以为"老后破产"是遥远的将来才可能发生的事，但"两代人两败俱伤"的问题对于我们这些正当壮年的劳动者来说，已不再是他人之事，而可能"明天就会发生在自己身上"。

但是，在取材开始后，许多人对摄影采访表现出抗拒（这也在情理之中），每一天我们都感到内心焦虑。即便如此，导演们还是不断地做着交涉工作，踏踏实实地寄出信件，传达了想要当面采访当事人并向更多有着相同烦恼的人传达最真实的故事的初衷。那时候，我听到了一句话，

---

① 2008年，美国第四大投资银行雷曼兄弟公司破产，此事件成为了世界性金融危机导火索。

② 由许多非营利机构和劳动组织所构成的执行委员会于2008年12月31日起至2009年1月5日，在东京都千代田区的日比谷公园内开设的一种避难所。失业者能够在此接受生活指导、职业咨询、生活保护申请等服务。

给了我很大的鼓舞。这句话出自比我小十岁左右已为人母的同事之口：

"我是札幌市本地人，在我的老家附近，年迈的父母与无业的儿子或女儿这样的家庭组合非常多。我亲眼看到，我小的时候曾经过着普通生活的邻居，现在却过着相当拮据的日子。这真的是就发生在身边的非常严重的问题啊……"

果然很多人都已经意识到了。我们想要通过数据及现场报道真挚地向观众传达现实的情形，告诉他们究竟社会中正在发生着什么。我们强烈地感觉到，是时候行动起来了，共同探索问题的解决方案。

最终，安田家、挂川家、佐藤家、铃木家（化名）鼓起勇气参与了节目的录制，节目最终得以播出，再次向他们致以诚挚的谢意。此次参与并配合我们采访工作的所有人以及大多数家庭，都是抱着强大的耐性和坚韧的毅力，在努力生活着。我们作为旁观者也深切地感受到，需要尽早察觉问题，并努力为他们提供援助。

2015年夏天，在本节目的制作过程中，我调动到了东京工作。随后，我便与板垣淑子、津田惠香导演一道，以"日间独居"为主题，开始制作现代特写节目。在制作了这两档节目后，我所感受到的是，对于劳动者而言，"两代人两败俱伤"的危机真的是随时可能降临到任何人身上的。在本书中也作了报道，"为了看护父母而离职的话就会失去收入，会害怕引起'两代人两败俱伤'的可怕局面。但是若重返职场、工作赚钱的话，又会导致'日间独居'"。这一问题似乎是无解的。到了那时候，恐怕只能在无奈衡量过后作出抉择了。

　　"两代人两败俱伤"的问题在最近的十年间，于劳动及看护的一线引发了各种各样的问题，现已开始渐渐动摇"家庭的存在方式"。今后，少子化和老龄化愈发严重的日本，想必也会随着时代的变迁出现新的问题。我们会细致认真地、逐一探究每一个问题。

写作团队

镰田靖

1957年生于福冈县。1981年毕业于早稻田大学政治经济系。同年，入职NHK，从事记者工作。1987年，就职于报道局社会部，负责检察方面的取材工作。1993年，担任神户电视台采访部主任。1995年，负责阪神大地震的取材指挥工作。1999年，任报道局社会部副部长。历任司法部主任等。2005年，担任解说员，作为《周刊儿童新闻》中的父亲角色，解说了四年。2009年，担任报道节目"追踪！A到Z"的讲解员。著有《新型公共与自治的现场》（合著，COMMONS）、《周刊儿童新闻的爸爸来教你新闻用语》（角川学艺出版）、《穷忙族 侵蚀日本的病》（合著，POPLAR社）、《穷忙族 通往解决的道路》（同上）等书。发表论文《以诚心报道来超越"发布新闻的工作"》（Journalism）。

板垣淑子

生于1970年。毕业于东北大学法学系。1994年入职
NHK。曾就职于报道局制作中心、仙台电视台、报道局社
会节目部、特别节目中心，现就职于大型策划开发中心。
主要负责的节目有NHK特别节目《穷忙族——卖力工作也
富不起来》（2006年，银河奖大奖）、NHK特别节目《无
缘社会——三万二千人"无缘死"的震撼》（2010年，菊
池宽奖）、NHK特别节目《何处是最终的栖身之所 老人
漂流社会》（2013年）、NHK特别节目《"痴呆症800万人"
时代 无法说出口的求助之言 孤立的痴呆症老人》（2013
年，银河奖优胜奖）等。2014年获放送文化基金奖个人奖。

三隅吾朗

生于1979年。毕业于立教大学经济学系。曾就职于日
本电视台系的制作公司，2013年入职NHK。隶属于札幌电
视台报道节目。主要负责的节目包括NHK特别节目《老人
漂流社会 避免两代人两败俱伤》（2015年）、NHK特别节
目《TPP为日本带来了什么》（2015年）、地方纪录片《颁发
"生存证明" 北海道遗物整理师的日常》（2014年）、现代
特写节目《连续不断的"异常天气" 地球正发生着怎样的
变化》（2013年）、NHK北海道的战后70年系列《向北方大
地发起挑战 朝着"农业王国"进发》（2015年）。

津田惠香

生于1982年。毕业于上智大学文学系。2005年入职NHK。曾任职于名古屋电视台报道节目、"早安日本"节目部等，现就职于报道局报道节目中心社会节目部。主要负责的节目有NHK特别节目《某一天诞生的生命　东日本大地震后三年》（2014年，ABU奖鼓励奖）、NHK特别节目《老人漂流社会　避免两代人两败俱伤》（2015年）、NHK特别节目《"痴呆症800万人"时代　无法说出口的求助之言　孤立的痴呆症老人》（2013年，银河奖优胜奖）等。

前田浩志

生于1966年。毕业于早稻田大学政治经济学系。1990年入职NHK。曾任职于大阪电视台、名古屋电视台、报道局《新闻观察9》、政治经济国际节目部、大型策划开发中心、札幌电视台，现任职于报道局社会节目部。主要负责的节目有NHK特别节目《平成萧条　大阪镇工厂的厂主们》（1993年）、《被起诉的董事　激增的股东代表诉讼》（1997年）、《原油高涨　世界市场正发生着什么》（2005年）、《丰田向世界第一迈进的条件　世界性企业的奋斗》（2006年）、《世界共同粮食危机》（2008年）、《汽车革命》（2009年）、"追踪！A到Z"节目《优衣库能否在世界舞台上获得胜利》（2010年）、NHK特别节目《欧元危机　此时的日本》（2011年）、《神秘的球体　绿球藻：北海道阿寒湖的奇迹》（2014年）。

岭洋一

生于1969年。毕业于北海道大学法学系。供职于NHK。曾任职于函馆电视台、报道局体育节目中心、札幌电视台、报道节目中心社会节目部、"早安日本"节目部、首都圈广播中心，现任人事局副部长。主要负责的节目有《日本纪行》《目击！日本列岛》《特报首都圈》。他负责的节目还包括社会纪实片《谢谢你 曙太郎的13年》（2001年）、NHK特别节目《足球，地球的热情 第三届大比赛与大收益：欧洲的大型足球企业》（2002年）、社会纪实片《每日连败 赛马哈鲁乌拉拉》（2004年）、NHK特别节目《"痴呆症800万人"时代 无法说出口的求助之言 孤立的痴呆症老人》（2013年，银河奖优胜奖）、NHK特别节目《巨大灾害MEGA DISASTER 地球剧变的冲击 第三集 巨大地震 可以预见威胁的机制》（2014年）等。

NHK特别节目《老人漂流社会　避免两代人两败俱伤》制作人员表

主　　　持	镰田靖
旁　　　白	柴田祐规子
音　　　乐	得田真裕
摄　　　影	宝代智夫
照　　　明	伊藤尊之
影像设计	山本亨二
影像技术	松岛史明
音响效果	小野纱织
声　　　音	土肥直隆
导　　　演	津田惠香
	三隅吾朗
制作统筹	板垣淑子
	前田浩志
	岭洋一

图字：09-2019-1034号

图书在版编目（CIP）数据

老后两代破产 / 日本NHK特别节目录制组著；石雯雯译. —上海：上海译文出版社，2021.8（2025.9 重印）

（译文纪实）

ISBN 978-7-5327-8637-4

Ⅰ.①老… Ⅱ.①日… ②石… Ⅲ.①纪实文学—日本—现代 Ⅳ.①I313.55

中国版本图书馆CIP数据核字（2021）第134493号

老后两代破产

［日］NHK特别节目录制组 著 石雯雯 译

责任编辑 / 常剑心 装帧设计 / 邵旻 观止堂_未氓

上海译文出版社有限公司出版、发行

网址：www.yiwen.com.cn

201101 上海市闵行区号景路159弄B座

上海景条印刷有限公司印刷

开本890×1240 1/32 印张6.5 插页2 字数93,000

2021年9月第1版 2025年9月第6次印刷

印数：18,501—20,500册

ISBN 978-7-5327-8637-4

定价：46.00元